LA CAZA DEL TURISTA

LA CAZA DEL TURISTA

MASSIMO CARLOTTO

Editado por HarperCollins Ibérica, S.A.
Núñez de Balboa, 56
28001 Madrid

La caza del Turista
Título original: Il turista
© 2016 Rizzoli Libri S.p.A. / Rizzoli, Milan
© 2018, para esta edición HarperCollins Ibérica, S.A.
© De la traducción del italiano, Isabel González-Gallarza

Diseño de cubierta: Mario Arturo
Imágenes de cubierta: Shutterstock y Freeimages

ISBN: 978-84-9139-370-2

Depósito legal: M-19707-2018

El autor quiere agradecer a Corrado De Rosa sus consejos de lectura.

El azar es el único amo legítimo del universo.

Honoré de Balzac

PRÓLOGO

Venecia. Estación de ferrocarril de Santa Lucia.

El sonido desenvuelto y arrogante de los tacones atrajo su atención sobre la mujer. Se volvió casi de golpe y la vio avanzar, abriéndose paso entre el nutrido grupo de pasajeros que acababa de bajar de un tren de alta velocidad procedente de Nápoles. El hombre tuvo tiempo de observar el faldón del abrigo de entretiempo que, al ondear con cada zancada, le permitió echar una ojeada fugaz a las piernas, rectas y bien torneadas, que dejaba a la vista un vestido corto y fino.

En el momento en el que la desconocida pasó por su lado, el hombre alzó la mirada hacia su rostro, que juzgó poco atractivo pero interesante. Después sus ojos bajaron hasta el bolso: un costoso Legend, algo cursi, de becerro martillado, un modelo exclusivo de Alexander McQueen. Este último detalle lo impulsó a seguirla. Se rozaron, atrapados entre el gentío que subía al *vaporetto* con destino al muelle Fondamenta Nuove, y él alargó discretamente el cuello para oler su perfume: era resinoso, envolvente e intenso. Lo reconoció enseguida y se convenció de que era una señal del destino. Tras cuatro días de espera y vana búsqueda, quizá hubiera localizado a la presa que haría inolvidables esas vacaciones.

Para sus batidas de caza había elegido la franja horaria de la tarde, en la que los venecianos que trabajaban en tierra firme volvían a sus casas. Una masa de personas cansadas y distraídas, deseosas de calzarse unas zapatillas y, tras una buena cena, tumbarse en el sofá a ver la televisión. Empleados de toda índole, profesionales y estudiantes se abrían paso entre los forasteros que abarrotaban los barcos. En cada parada se apeaban en grupos, diseminándose a paso rápido por las calles y las plazoletas silenciosas y mal iluminadas.

Las otras mujeres a las que había seguido habían resultado un fiasco. Se habían encontrado con amigas o novios durante el trayecto o, al llegar ante un portal, habían llamado al timbre, prueba irrefutable de la presencia en la casa de otras personas. Por no hablar de aquellas a las que había seguido hasta la entrada de un hotel.

La elegida se sacó el móvil del bolsillo para responder a una llamada. Por el saludo que la mujer pronunció en voz alta, para después bajar el tono hasta un murmullo indistinguible, entendió que hablaba francés, una lengua que desconocía por completo. Se asombró y se reprendió a sí mismo, pues hasta ese momento estaba firmemente convencido de que era italiana. Lo habían confundido la vestimenta y el corte de pelo. Deseó con todas sus fuerzas que se tratase de una residente. Venecia contaba con una comunidad de extranjeros residentes bastante notable. Si todo hubiera ido del mejor modo posible, se habría dirigido a ella en inglés, una lengua que por el contrario conocía a la perfección, hasta el punto de poder pasar por británico.

Ella se apeó en la parada Ospedale junto a muchos otros pasajeros; él se las apañó para desembarcar el último y continuó el seguimiento, facilitado por el taconeo sobre la piedra de Istria que pavimentaba buena parte de Venecia.

La mujer cruzó a paso rápido el hospital, abarrotado a esa hora de familiares de visita, y tomó la salida principal que daba a Campo San Giovanni e Paolo. El hombre pensó que solo un buen conocedor de la ciudad podía estar al tanto de ese atajo. En la zona de San Francesco della Vigna tuvo que acelerar el paso para no perder el contacto visual. Al llegar a Campo Santa Giustina, la elegida siguió en dirección a la Salizada hasta la calle del Morion, y por fin tomó por Ramo en Ponte San Francesco. Calculó que los separaban apenas diez metros: si se daba la vuelta lo vería, obligándolo a distanciarse o incluso a volver atrás, pero estaba seguro de que eso no ocurriría. Parecía que la francesa solo tuviera prisa por llegar a casa. De repente aflojó el paso en la calle del Cimitero para desembocar en un patio cerrado, y él se concedió una sonrisa de satisfacción.

La mujer, que no había reparado en él gracias en parte a su indumentaria oscura y a las suelas de goma de sus zapatos, rebuscó sin prisa en el bolso hasta encontrar las llaves y abrió la puerta de un bajo con entrada independiente.

El hombre comprobó que no había luces encendidas, y la oscuridad y la certeza de que la mujer estaba sola lo excitaron hasta tal punto que perdió el control por completo. Conocía bien ese estado en el que la racionalidad y el instinto de supervivencia se anulaban mutuamente, poniéndolo a merced del amo del universo: el azar.

Corriendo de puntillas alcanzó a la francesa, la derribó y cerró la puerta.

—No te muevas y no grites —le ordenó, palpando las paredes en busca del interruptor.

Estaba tan seguro de tener la situación bajo control que no se dio cuenta de que la mujer se había levantado. Justo en el momento en el que encendió la luz, esta la emprendió a puñetazos y patadas contra él, sin decir una palabra.

Sin duda le rompió una costilla por lo menos del lado derecho, y sentía un dolor terrible en los testículos. Cayó al suelo y tuvo la tentación de colocarse en posición fetal para contener las punzadas desgarradoras, pero comprendió que, si lo hacía, ella se impondría, condenándolo a terminar sus días en una cárcel de máxima seguridad después de engorrosos juicios, valoraciones de lumbreras cualificados y cháchara de periodistas y escritores. No podía consentirlo. Con la vista nublada por el enorme esfuerzo, se alejó rodando de la furia de la mujer, en busca de cualquier objeto que le permitiera defenderse.

Tuvo suerte. Pese a las dos patadas tremendas que la mujer le había propinado en los riñones, el hombre alcanzó a agarrar un paragüero de cobre y, con la fuerza de la desesperación, empezó a golpear a la mujer en las piernas. Por fin esta cayó al suelo, brindándole la oportunidad de asestarle un golpe decisivo en la cabeza.

Él se quedó inmóvil, recuperando el aliento, con el arma improvisada entre las manos, dispuesto a abatirla sobre ella si volvía en sí. Unos instantes después logró incorporarse a pesar del dolor. La francesa había perdido el conocimiento: estaba tendida en el suelo, con las piernas abiertas y el vestido levantado hasta las ingles. Él se ocupó de colocarla en una postura decente y comprobó si seguía con vida.

Las cosas no deberían haber sido así. Las otras veces había sido distinto. Las elegidas se habían portado bien, no habían opuesto resistencia, al contrario, habían adoptado esa actitud de sumisión suscitada por el terror que a él tanto le gustaba. Y habían lloriqueado y suplicado piedad, le habían obedecido sin dejar de apelar a un sentimiento de humanidad que él no poseía en realidad. Esta, en cambio, había reaccionado con violencia y un silencio que le había dado escalofríos.

Le habría gustado ir al cuarto de baño a mojarse la cara, pero el ritual dictaba que todo se desarrollara nada más franquear el umbral de la vivienda de la presa. Era también una cuestión de seguridad: cuanto menos se pasea uno por las habitaciones, menos rastros deja.

Le extendió los brazos y se los bloqueó con las rodillas, poniéndose a horcajadas sobre ella, a la espera de que recobrara el conocimiento.

Comprobó encantado que la herida en el cuello cabelludo no era grave, le acarició el rostro con los caros guantes de cirujano de estireno butadieno, material este que garantizaba una mayor sensibilidad que el látex.

Ella abrió los ojos. Su primera reacción fue zafarse, golpeándolo con las rodillas en la espalda, pero su agresor le rodeó el cuello con las manos y apretó. Ella lo miraba con odio, parecía no tener miedo, como si siempre hubiera estado dispuesta a luchar por su vida. Se esforzaba por dar un vuelco a la situación y, en un momento dado, siseó algunas frases en francés. Le pareció que repetía varias veces la misma palabra, quizá un nombre.

El hombre se dio cuenta de que temía a su presa, de que le sugestionaba en cierto modo y, a diferencia de las otras veces, se apresuró a matarla.

Cuando estuvo seguro de que ya no respiraba, se apartó del cadáver con esfuerzo y le propinó dos rabiosas patadas. No lo había hecho nunca antes, pero esa mujer se había comportado de una manera verdaderamente odiosa. Se sacó del bolsillo una bolsa de tela y metió dentro el bolso de la difunta y el contenido de todos sus bolsillos. También el móvil, después de extraerle la tarjeta SIM. Sería estúpido que lo localizaran así.

Se quedó unos segundos más mirando con reprobación los ojos sin vida de la víctima y luego salió, cerró la puerta con llave y se alejó rápidamente.

El asesino llegó a su refugio en Campo de la Lana sin contratiempos. Estaba seguro de hallarse a salvo. Ahora alcanzaría el placer absoluto con la parte final del ritual: sacar todos los objetos contenidos en el bolso y colocarlos siguiendo un orden preciso sobre una sábana inmaculada y perfumada, para después observarlos y tocarlos. Le procuraba un auténtico éxtasis el momento dedicado a la cartera, llena de notitas y fotografías. Estaba convencido de que las mujeres tenían un don especial para sintetizar su existencia en una billetera.

Pero el dolor en las costillas era insoportable, y no tuvo más remedio que postergarlo todo para centrarse en curarse con hielo y analgésicos.

Metió el bolso en el armario y se tumbó en la cama, tremendamente decepcionado.

El dolor y el malhumor no le dejaron dormir. Se sentía frustrado, y con el paso de las horas empezó a sentir curiosidad por esa loca histérica que el azar había puesto en su camino.

Podría haber metido la mano en el Legend, pero temía estropearlo todo, temía perder la «magia». Encendió la radio para seguir el informativo regional de la mañana; la ausencia total de referencias a un homicidio en Venecia demostraba que aún no habían descubierto el cadáver. Estaba decepcionado, y la espera erosionaba su capacidad para controlar la situación. Trató de distraerse, pero solo pensaba en consultar la hora entre un informativo y otro. No hubo alusión alguna, ni siquiera en el último informativo radiofónico de la noche. El anuncio no llegó al día siguiente, ni al otro.

Las demás veces, las elegidas habían sido descubiertas a las pocas horas, y él siempre se había sentido satisfecho de la visibilidad concedida a sus delitos. Ahora, la idea de ese cuerpo en descomposición lo irritaba y lo atormentaba. El ritual dictaba que los cuerpos fueran inmortalizados por los fotógrafos de la Policía Científica en el mismo estado y con la misma expresión en que él los había dejado, y no deformados por la acción del *bacillus putrificus* y de sus horribles secuaces.

Esperó hasta el cuarto día, y entonces se resolvió a considerar la idea de hacer público su delito de alguna manera. Nada de cartas o llamadas anónimas, pues significaba dejar indicios útiles para los investigadores, que lo perseguían desde hacía años. Tras una honda reflexión llegó a la conclusión de que la única forma de hacerlo consistía en volver al apartamento y dejar la puerta abierta para que los vecinos sospecharan. El hedor a muerte los animaría a llamar a la policía.

Era el método menos seguro pero también el más excitante. El hombre estaba seguro de que el riesgo de meter la llave en la cerradura, abrir la puerta y echar una ojeada al cadáver reanudaría la «magia», y, de vuelta en el refugio, por fin podría disfrutar el momento de ocuparse del bolso.

El quinto día no hizo nada porque volvió a agudizársele el dolor en las costillas: se lo pasó entero en la cama viendo la televisión, atontado por los analgésicos.

Pero el sexto se sintió mejor y, tras comprobar que la situación no había cambiado, se preparó para actuar esa misma noche. Rebuscó en el Legend hasta encontrar las llaves, haciendo caso omiso del resto de los objetos que contenía. Después salió. La postura que había adoptado para que no lo sacudieran las punzadas de dolor lo obligaba a encorvarse ligeramente hacia un lado, como un hombre veinte años mayor aquejado de artrosis. Valoró que, en el fondo, tenía su lado positivo. Los posibles testigos recordarían a un tipo que andaba raro, pero sus costillas sanarían pronto, y al final ese detalle solo despistaría a los investigadores. Igual que la barba, que se dejaba crecer antes de cada delito.

Pasó por la farmacia para comprar un bálsamo para el resfriado a base de mentol con el que se humedecería las fosas nasales: no quería correr el riesgo de vomitar delante del cuerpo de esa imbécil.

Siguió las indicaciones que había grabado en el móvil: la Academia, San Marco, Rialto, San Lio, Campo Santa Maria Formosa, hasta llegar a la zona del hospital. Un recorrido largo y tortuoso sin sentido aparente. En realidad necesitaba recuperar la forma física tras largos días postrado en cama. La brisa marina y el trayecto a pie lo ayudarían a pensar; temía que los analgésicos le hubieran nublado la mente y ofuscado la capacidad de juicio.

Cuando llegó al patio cerrado, se ocultó en la oscuridad y observó puertas y ventanas en busca de eventuales señales de peligro. Después se acercó y abrió la puerta. Pensó que el truco del bálsamo funcionaba, pues no lo asaltó ningún olor desagradable.

Cerró la puerta a su espalda y encendió la linterna, apuntando el haz de luz hacia el suelo, donde yacía el cuerpo. Sintió un retortijón en el estómago cuando se dio cuenta de que allí no había nada. Encendió la luz y se vio en una habitación vacía.

No había ningún cadáver, ningún mueble ni ningún cuadro en las paredes, que parecían recién pintadas. Y tampoco estaba ya ese horrible paragüero.

Seguro de haber caído en una trampa, se sintió perdido y se preparó para ser detenido, levantando las manos en señal de rendición, pero tras un largo instante de terror entendió por el silencio que reinaba en la casa que estaba deshabitada. Tal vez lo estaban esperando fuera, pero, movido por una irrefrenable curiosidad, decidió aventurarse en las otras habitaciones. Con el corazón en un puño, encendió las luces de los dos dormitorios, la cocina y el cuarto de baño. Nada. Ni una mota de polvo. Tan solo un fuerte olor a pintura.

Trastornado, volvió sobre sus pasos y, mientras alargaba la mano hacia el picaporte, con el rabillo del ojo captó el parpadeo de una minúscula luz roja. Observó con atención y reparó en una pequeña reproducción de una góndola colocada en el reborde del armarito de madera que albergaba el contador de electricidad. La cogió con cuidado, preguntándose por qué se habrían dejado precisamente ese objeto tan evocador de la ciudad, pero le bastaron esos instantes para comprender que tenía entre las manos una minicámara wifi. Alguien lo estaba observando y había visto su rostro. Un grito de rabia, estupor y dolor le estalló en el pecho. Salió gritando como un loco, agitando la góndola sobre la cabeza, dispuesto a afrontar a los policías que sin duda lo estarían esperando fuera. Pero en el patio desierto nadie intentó detenerlo. Corrió un centenar de metros y se detuvo en seco. Estaba sin aliento y las piernas no lo sostenían. Sintió angustia y terror, como si estuviera precipitándose en un abismo oscuro como la noche. El azar, al que tanto amaba y que le hacía vivir momentos inolvidables, se estaba revelando hostil y peligroso.

Partió la góndola en dos con un gesto brusco y arrojó los pedazos a un canal secundario. Se volvió en busca de posibles perseguidores, pero la calle estaba desoladamente vacía. Echó a correr de nuevo con la conciencia terrible de haberse convertido en presa.

UNO

Venecia. Fondamenta San Giobbe, Rio Terà de la Crea, unos días más tarde.

El excomisario de la policía nacional Pietro Sambo alargó la mano para coger de la mesilla el mechero y el tabaco. Llevaba un rato despierto y le había costado esperar hasta las siete, hora en la que había convenido concederse el primer cigarrillo de la mañana.

Isabella, su mujer, no soportaba el olor a tabaco en el dormitorio, pero eso ya no era un problema. Hacía más de un año que se había marchado con Beatrice, su hija de once años. Había sido la consecuencia de su expulsión del cuerpo con deshonor por haber aceptado el primer y último soborno de su vida. Nunca había sido un corrupto, y había aceptado ese dinero para impedir que las fuerzas del orden pusieran fin a las actividades de un garito que abría sus puertas un par de noches a la semana en la trastienda de un restaurante famoso en los años ochenta. Franca Leoni, la mujer del dueño, había sido su compañera de clase en el instituto Foscarini, y también la primera chica con la que se había acostado. Se habían buscado y encontrado años después y se habían dado un revolcón, pese a que en esos años ambos se habían casado. El idilio había durado poco, pero cuando más tarde ella había vuelto a dar señales de vida para pedirle ese favor, Sambo no había sido capaz de negárselo. Había aceptado el dinero porque no quería que el marido de Franca sospechara que había un lío de faldas. En el momento no le había parecido tan grave, buena parte de sus compañeros protegían a alguien fingiendo que era un confidente.

Los *carabinieri* habían llegado hasta el garito clandestino persiguiendo a un traficante de drogas de nivel medio, y enseguida habían visto que la señora Leoni era el eslabón débil de la banda de gestión familiar.

A la mujer le había llevado unos minutos descubrir que a veces los cuernos podían resultar ventajosos, y lo había contado todo, hasta el más mínimo detalle. Había tratado de justificarse alegando que los beneficios ilícitos servían para pagar las deudas del restaurante, pero el temor a la cárcel la había llevado a implicar también a su viejo amigo y amante.

El policía corrupto se había convertido en el bocado más sabroso de la investigación, y todo el mundo se había ensañado con él. Mientras estaba en la cárcel, su relación con Franca Leoni había saltado a los periódicos, y la esposa legítima no había soportado la deshonra de la traición. Ni siquiera su hija había conseguido que siguieran juntos: demasiado clamor, demasiadas habladurías, demasiadas miradas.

Venecia es una ciudad hostil para los que acaban en boca de todos. No hay coches, la gente se desplaza a pie, se encuentra y habla, comenta, exagera las noticias con una habilidad perfeccionada a lo largo de los siglos.

Isabella lo había dejado y se había mudado con Beatrice a Treviso con el propósito de olvidar, de reconstruirse una vida normal sin tener que bajar la mirada por vergüenza.

Él, en cambio, se había quedado. Para pagar hasta el fondo ese error que le había arruinado la vida. Al contrario que su mujer, no apartaba jamás la mirada, se limitaba a hacer un gesto de cabeza a todos los que se lo quedaban mirando con la fijeza reservada a los culpables. Estaba arrepentido, habría dado cualquier cosa por volver atrás, pero no podía cambiar el pasado y ya se había resignado a afrontar la existencia con el estigma de la corrupción.

Le había quedado la casa en la que había vivido con su familia, y para ganarse la vida le echaba una mano a Tullio, su hermano menor, que tenía una tienda de máscaras venecianas. Pasaba tres tardes a la semana sonriendo a los extranjeros que invadían sin descanso los cuarenta metros cuadrados del negocio. A veces, para poder bajar el cierre metálico tenía que dar tres voces. Se le daba bien hacerse respetar. Años en la policía le habían enseñado los matices necesarios para poner en su sitio a buenos y malos. Todos indistintamente sabían mostrarse pesados y molestos.

Solo se permitía enseñar los músculos con los turistas. A su Venecia, donde había nacido y crecido, solo le exhibía un aire perenne de perro apaleado. Parecía vagar por calles y plazoletas con las manos alzadas, pidiendo perdón.

Se sentó en la cama y escrutó el suelo en busca de las zapatillas. Mientras se lavaba los dientes, le subió desde el estómago una oleada de reflujo ácido que le recordó la existencia de los efectos colaterales de la pena que estaba purgando.

La ley se había contentado con mandarlo unos cuantos meses a la cárcel y con arrancarle los galones del uniforme, pero su conciencia lo había condenado a cadena perpetua.

En Italia, políticos, administradores, industriales y peces gordos de las finanzas habían demostrado que no tenía nada de malo vérselas con la justicia. Al contrario. Exhibían las «persecuciones» de la magistratura como medallas en el pecho.

Pietro Sambo no soportaba la idea de no ser ya policía. Estaba hecho para ese oficio: era listo, concienzudo y tenía olfato para las buenas pistas. Por eso había hecho carrera en la brigada de homicidios, convirtiéndose en jefe indiscutido, temido y respetado por todos, hasta que la ola de fango lo había arrollado.

Se vistió despacio, sacó del cubo la bolsa de la basura y se fue directo al bar de Ciodi, cerca del Ponte dei Tre Archi para tomar el café y la porción de tarta de costumbre, preparada por la viuda Gianesin, que regentaba el local desde tiempo inmemorial.

Conocía al excomisario desde que era niño y había despachado el escándalo con una frase lapidaria en puro dialecto veneciano: «*Qua el xe sempre benvenuo*[1]». Y nunca le había preguntado nada. Lo trataba como de costumbre y velaba por que ninguno de sus parroquianos le hiciera sentirse violento.

Mientras compraba un periódico local, reparó en un hombre que observaba el escaparate de una pequeña panadería. Nunca lo había visto en el barrio. Podía tratarse de un forastero, pero no lo creía, nadie en su sano juicio habría encontrado interesante esa mísera exposición de productos de horno. Lo catalogó como sospechoso y echó a andar de nuevo con la desagradable sensación de que el tipo lo seguía precisamente a él. En efecto, al cabo de un centenar de metros Sambo entró en un estanco para proveerse de su ración diaria de cigarrillos y, cuando salió, vio al desconocido parado delante de un anticuario.

El excomisario no estaba preocupado y mucho menos asustado. Solo sentía curiosidad. La lista de los criminales que había mandado a la cárcel era larga, y hacía tiempo que había aprendido a convivir con la posibilidad de que alguno quisiera vengarse. El hombre podía incluso pertenecer a las fuerzas del orden, pero en ese momento no lograba ubicarlo. Tendría unos cuarenta y pocos años, era flaco, casi enjuto, pero musculoso. De nariz y labios finos, tenía los ojos oscuros y el cabello ligeramente largo sobre los hombros, peinado con raya en medio.

Desde luego no tenía aspecto de trabajar detrás de un escritorio, la calle parecía su elemento natural.

Sambo abrió la cajetilla y encendió un cigarrillo antes de ir directo hacia el tipo, que no huyó ni intentó ninguna maniobra de distracción. Se limitó a esperarlo, con una sonrisa impertinente en los labios.

—Buenos días —lo saludó el expolicía.

---

[1] Aquí siempre es bienvenido. (N. de la T.)

—Buenos días, señor Sambo —le devolvió el saludo el tipo, con un marcado acento español.

El extranjero no tuvo ningún problema en admitir que lo conocía y que ese encuentro no era en absoluto casual.

—Entonces ahora ya debería preguntarle por qué me está siguiendo con tan poco disimulo —le dijo Sambo.

El hombre soltó una risita.

—Suelo hacerlo mucho mejor —replicó. Después señaló la calle—. Quisiera tener el placer de invitarlo a desayunar. En el bar de Ciodi, obviamente.

—Veo que conoce varios detalles de mi vida cotidiana —comentó el excomisario, molesto consigo mismo por no haberse dado cuenta de nada los días anteriores—. ¿Desde cuándo me sigue?

El extranjero no contestó directamente.

—Lo conocemos bien, señor Sambo. Mejor de lo que se imagina.

—Ha hablado en plural. ¿Quiénes son ustedes?

—Mi nombre es César —contestó el hombre cogiéndolo delicadamente del brazo—. Me gustaría presentarle a alguien.

Cuando entraron en el bar, la viuda Gianesin le echó una ojeada recelosa al desconocido que lo acompañaba. Pietro se acercó al mostrador a saludarla con un beso. El español se dirigió a una mesita donde había un hombre leyendo *Le Monde* mientras saboreaba un expreso.

—¿Amigos? —preguntó la dueña.

—No lo sé —contestó el excomisario—. Pronto lo descubriré.

El tipo dobló el periódico y se levantó para estrecharle la mano a Pietro.

—Mathis —se presentó. Era mayor que su socio y tenía el cabello blanco y corto. Llevaba unas gafas de montura fina que hacían resaltar sus grandes ojos azul claro. No era muy alto, más bien corpulento y con un poco de tripa. Pietro pensó que parecía militar.

El excomisario aceptó la invitación de sentarse a su mesa, y la viuda le trajo el *cappuccino* y la tarta. El que había dicho llamarse César pidió un vaso de leche templada. Sambo cogió un trozo de tarta con el tenedor y se lo metió en la boca con un gesto nervioso. Empezaba a cansarse de tanto misterio.

—Un italiano, un francés y un español. ¿Qué es esto? ¿Un chiste?

Los dos hombres se miraron y el que había dicho llamarse Mathis dijo algo que Sambo nunca hubiera esperado.

—Queremos encargarle una investigación.

—Ya no estoy en el cuerpo, y no soy detective privado.

—Ya le he dicho que lo conocemos bien —intervino César.

—Entonces ¿de qué les sirve un poli corrupto? —preguntó Sambo en tono provocador.

—No sea tan severo consigo mismo —replicó el francés—. Cometió un error y lo pagó caro, pero usted no está podrido.

—¿Y ustedes qué saben?

Los dos extranjeros eludieron contestar, preguntándole si no tenía curiosidad por conocer el caso que querían exponerle.

—También me gustaría saber quiénes son y cómo han llegado hasta mí.

—En este momento eso no es posible —contestó el español.

—Cada cosa a su tiempo —añadió Mathis.

Sambo se concentró en el desayuno pensando que la vida siempre reserva continuas sorpresas. Esos dos tipos apestaban a servicio secreto, y si trataban de implicarlo significaba que estaban en apuros. Probablemente necesitaban un investigador experto que conociera bien el terreno porque no podían recurrir a las fuerzas del orden.

—Le pagaríamos bien —dijo el español.

—Porque lo que me proponen es ilegal y peligroso, supongo.

—Se trata de una investigación por homicidio —contestó el francés.

—¿Quién es la víctima? ¿Y cuándo ocurrió? —preguntó Pietro sorprendido—. Hace tiempo que en Venecia no hay muertes violentas.

Ambos se quedaron callados, sin saber si responder o no. Fue César el que se decidió a hacerlo, tras asegurarse de que ningún parroquiano estuviera interesado en su conversación.

—Una amiga nuestra fue estrangulada hará unos diez días y, por motivos que por ahora no acertamos a explicar, el delito no ha sido señalado.

Sambo estaba anonadado. Indicó la calle.

—¿Quieren decirme que ahí fuera hay un cadáver pudriéndose a la espera de ser descubierto?

—No. La situación es otra —contestó el francés—. Necesitamos a un experto de la brigada de homicidios porque no queremos que el asesino se vaya de rositas.

Pietro se puso un cigarrillo entre los labios sin encenderlo.

—Algo me dice que no se refiere a una detención normal y corriente…

—En efecto —contestó Mathis—. Tiene que morir como un perro.

El comisario extendió los brazos en un gesto de exasperación.

—Pero ¿se dan cuenta de lo que están diciendo? ¡Vienen a proponerme una investigación no autorizada para descubrir a un culpable al que piensan condenar a muerte!

—Un asesino —puntualizó el francés.

—Hace tiempo que en este país se abolió la pena de muerte.

—La mujer asesinada era alguien especial para nosotros. Le teníamos aprecio —replicó César.

—Lamento su pérdida —dijo Sambo—. Pero eso no me hará cambiar de idea.

—Solo le pedimos que le eche un vistazo al material —propuso Mathis—. Si no está dispuesto a ayudarnos, quizá quiera al menos aconsejarnos.

Pietro Sambo se sentía confuso. La historia que le habían contado esos dos era absurda pero probablemente cierta. No había una sola razón que sugiriera lo contrario. Y ese día no tenía nada mejor que hacer.

*　*　*

Un *vaporetto* los llevó a la Giudecca, donde desembarcaron en Sacca Fisola. Se adentraron por la isla, recorriendo Fondamenta Beata Giuliana, y unos minutos más tarde, en la calle Lorenzetti, entraron en un edificio habitado por jubilados y estudiantes que necesitaba una restauración urgente. Un vetusto ascensor los trasladó a la tercera y última planta.

El primer detalle que llamó la atención de Pietro fue la puerta blindada y la cerradura de seguridad de última generación. Conocía solo a un par de ladrones capaces de forzarla, y los dos llevaban bastante tiempo a la sombra.

—No queremos correr riesgos —explicó el francés, que había interceptado su mirada asombrada.

Recorrieron un pasillo largo y estrecho que parecía aún más oscuro al estar recubierto de un viejo papel verde con olor a moho.

La última habitación estaba totalmente a oscuras. Cuando se encendió la luz, Pietro se vio delante de una pared llena de fotografías. Enseguida comprendió que las había sacado alguien en la escena de un crimen, alguien que conocía los métodos de la Policía Científica. Se puso a estudiarlas una por una. Se veía a una mujer de entre treinta y cinco y cuarenta años con los ojos muy abiertos, tendida en el suelo con los brazos extendidos, y un paragüero volcado. El vestido no estaba levantado y menos aún desgarrado. Cabía excluir que hubiera sufrido violencia sexual.

—Estrangulada, ¿verdad? —preguntó el excomisario.

—Sí —contestaron ambos casi al unísono.

—¿Se ha realizado la autopsia?

—No.

—¿Y cómo pueden estar seguros de que ha muerto por asfixia? —les preguntó Pietro, aunque ya conocía la respuesta.

—Tenemos cierta experiencia —suspiró el francés.

Sambo se volvió para mirarlos a la cara.

—Policías, militares, agentes del servicio secreto. ¿Qué son exactamente?

César negó con la cabeza.

—Podemos decirle que somos los buenos de toda esta historia. El malo es el que ha matado a nuestra amiga.

—Hasta ahora nunca la han llamado por su nombre —recalcó Pietro.

El español hizo una mueca.

—Si se empeña, puedo inventarme uno.

—¿El cadáver?

—Está a buen recaudo —contestó Mathis—. Le será entregado a la familia llegado el momento.

A Sambo le hubiera gustado profundizar en el tema y entender por qué la muerte de la mujer no podía hacerse pública, pero se resignó a esperar a ver cómo se desarrollaban los acontecimientos. Los dos tipos estaban decididos a mantener la boca cerrada, y las preguntas que se le agolpaban en la cabeza quedarían sin respuesta.

—Tendría que examinar el lugar del crimen.

—Eso no es posible —replicó el francés.

El excomisario perdió la paciencia.

—¿De verdad piensan que puedo investigar sin un conocimiento profundo del caso?

—Sabemos quién es el asesino —desveló César.

—Conocemos su rostro, pero no su identidad —aclaró el francés—. Para ello necesitamos ayuda local.

El español alargó la mano hacia el ratón de un ordenador y en la pantalla apareció la imagen de una puerta que se abría y un rayo de luz artificial que iluminaba una franja de suelo.

De pronto se encendió la lámpara del techo y se vio el perfil de un hombre que observaba la habitación con un estupor mal disimulado. Iba vestido de oscuro, llevaba guantes de látex y zapatos con suela de goma. Debía de medir uno ochenta de estatura, era esbelto y parecía ágil. Después, el tipo entró en otra habitación y desapareció un par de minutos. Pasó otra vez delante de la telecámara en dirección a la salida y de repente se volvió hacia el objetivo. Se acercó y, durante unos segundos, el primer plano de su rostro ocupó toda la pantalla.

Una barba rubia oscura, tupida pero cuidada, enmarcaba un rostro de facciones regulares, casi anónimas. Los ojos grises hacían sensual la mirada, pese a la tensión del momento. Sambo pensó que la rareza del color facilitaría la búsqueda, pero recordó también el dicho popular que atribuía buena suerte a todo el que pudiera lucirlo.

El rostro del hombre se deformó en una máscara de rabia. Pese a la ausencia de sonido, resultaba evidente que estaba gritando. Después las imágenes se desenfocaron antes de interrumpirse.

Pietro estaba perplejo.

—Por lo que había entendido, pensaba que estaba viendo las imágenes del homicidio.

—El vídeo es posterior al descubrimiento y a la retirada del cuerpo —explicó César.

—¿Cómo pueden estar seguros de que ese hombre es el asesino?

—Porque tenía las llaves de la víctima.

—¿Y por qué pensaban que el responsable volvería al lugar del crimen?

Mathis suspiró y apoyó la mano en el brazo de Pietro, invitándolo a sentarse en una silla.

—Cuando hallamos muerta a nuestra amiga —empezó a contar—, pensamos que los culpables eran «enemigos» a los que nos enfrentamos desde hace tiempo, por lo que trasladamos el cuerpo y vaciamos la casa con el objetivo de evitar que volvieran para apoderarse de cierto material que les habría proporcionado información importante sobre nuestra actividad, o para tendernos una emboscada. Colocamos una cámara y nos sorprendió ver entrar a ese tipo. Estamos seguros de que no tiene nada que ver con nuestros adversarios.

—¿Un asesino a sueldo?

El francés negó con la cabeza.

—Habría sido más rápido y eficaz.

El español se levantó y se acercó a las fotografías.

—Mathis tiene razón. Las señales de lucha son evidentes —dijo, indicando rastros en la pared y en el suelo, arañazos en las puntas de los zapatos de la víctima y cardenales en sus piernas—. Ella sabía defenderse y vendió caro el pellejo. Nosotros pensamos que el hombre iba desarmado, y que se trata de un atraco que acabó mal. Todo ocurrió en esta habitación, y él huyó con el bolso, que necesitamos recuperar a toda costa.

Pietro Sambo reflexionó sobre el hecho de que en Venecia nunca había ocurrido un crimen como ese. Ahora eran escasos hasta los robos con tirón a las extranjeras. Pasó revista a los delincuentes locales, a los que conocía lo bastante bien como para poder excluirlos con seguridad. Sintió un escalofrío cuando recordó haber oído hablar ya de un escenario similar. Los elementos del caso empezaron a agolparse en su mente sin un orden concreto. Escenario del crimen, tipo de víctima, técnica homicida, robo del bolso. Después, de repente, recordó un informe que había leído en un curso de la Interpol en Bruselas y se puso en pie de un salto. Se apoderó del ratón y buscó el primer plano del asesino.

César se levantó a su vez.

—¿Lo ha reconocido? —preguntó, asombrado por la reacción del italiano.

El excomisario señaló el rostro en la pantalla.

—Joder, es él. No puedo creerlo.

—Él ¿quién? —insistió César, exasperado.

Aturdido todavía, Sambo tardó unos instantes en contestar:

—El Turista.

DOS

Al interesado no le disgustaba en absoluto que lo llamaran el Turista. Significaba que los policías que le daban caza seguían ignorando los detalles necesarios para su identificación. Lo había bautizado así un investigador del Bundeskriminalamt austriaco que, indagando sobre el homicidio de una tal Sabine Lang, había comprendido que se habían cometido otros dos delitos con el mismo *modus operandi* en otras dos ciudades que acogían también hordas de turistas: Dublín y Sevilla.

Según un periodista del *Kronen Zeitung*, al parecer el policía había exclamado: «¡Pero si es un maldito turista!».

Y, según el criterio establecido por el *Crime Classification Manual* del FBI, desde ese día había pasado a considerarse un asesino en serie, es decir, alguien que «comete tres o más homicidios, en tres o más localidades distintas, con un intervalo de tiempo entre ellos».

Que lo encasillaran en esa categoría tan corriente no le había gustado. Nunca se había considerado un sujeto clasificable desde un punto de vista criminológico, y le había costado hacerse a la idea. Había interrumpido los «viajes» para concentrarse en la lectura de aburridos textos de psiquiatras y perfiladores criminales, horribles biografías de asesinos en serie y hasta novelas, películas y series de televisión, todo ello para llegar a la conclusión de que a veces se portaba francamente mal pero no podía evitarlo.

No había terapia que pudiera sanarlo. Después de decenios de experimentaciones desastrosas, la psiquiatría se había rendido ante la evidencia de que los psicópatas criminales debían ser encerrados de por vida, o condenados a muerte si la ley admitía esa opción.

Dichas lecturas le habían servido de ayuda para entender su naturaleza, pero no se había espantado ni lo había atormentado el horror de sus crímenes. Los individuos como él eran totalmente incapaces de experimentar sentimientos de culpa, remordimientos, angustia o miedo.

La impulsividad con la que elegía a una víctima y la manera en la que la agredía, un puro concentrado de riesgo y peligro, era otro rasgo distintivo de su personalidad que esos sabiondos habían estudiado detenidamente. Para ellos se trataba de un «déficit de control conductual», pero para él era algo mágico e indefinible a lo que no pensaba renunciar jamás.

Se había construido con paciencia una vida «normal» para tener la posibilidad de residir en las ciudades en las que quería matar. Esa tapadera le permitía comportarse como un verdadero turista.

Equipado con una guía, visitaba monumentos, museos y los barrios más característicos. Podía ocurrir que se fijara de repente en una mujer —el vuelo de una falda, el detalle de una media, el tacón de un zapato— y empezara a sentir *cierto interés*. Si el bolso era de su agrado, pasaba a la fase del seguimiento.

La mayoría de las veces era tiempo desperdiciado. Pero podía ocurrir que tantas molestias se vieran recompensadas si la chica o la joven señora se detenía delante de la puerta de una casa, sacaba las llaves y las metía en la cerradura, brindándole la oportunidad de entrar en acción. Un empujón y la elegida caía al suelo. El Turista cerraba entonces la puerta, le apretaba el cuello con las manos, tomándose tiempo para disfrutar el momento, y luego se marchaba con el botín.

Este detalle nunca se había hecho público. Se trataba de una práctica común entre los investigadores: mantenían en secreto al menos un detalle del *modus operandi* del asesino en serie para poder desenmascarar a posibles imitadores o a los pesados que les hacían perder el tiempo jactándose de ser lo que no eran.

El Turista sabía bien que quienes investigaban sus crímenes lo consideraban un fetichista, algo que no tenía empacho en reconocer él mismo, pero también estaban seguros de que conservaba los bolsos, los objetos o parte de estos. Y sobre este punto estaban muy equivocados. Muy a su pesar, siempre se había deshecho de ellos porque no tenía la más mínima intención de acabar sus días en una celda.

Había aprendido mucho de sus enemigos. La primera norma era evitar comportamientos que pudieran llevarlo a figurar en la Psychopathy Checklist, y había utilizado el talento natural del psicópata para mentir, engañar y manipular con el fin de ser considerado por todos una buena persona, tranquila y reservada, que disfrutaba de un buen trabajo, cumplía con sus deberes de ciudadano y pagaba religiosamente sus impuestos. La parte más difícil había sido aprender a fingir empatía hacia los demás, mostrarse capaz de sentir emociones. Al final se volvió casi perfecto cuando descubrió que jugar con los sentimientos era divertido. Hasta eligió una profesión relacionada con las emociones, la belleza y el talento artístico para saborear mejor el placer de ver a la gente creerse tan profundamente sus mentiras.

La impunidad de la que disfrutaba lo había convencido durante mucho tiempo de que los métodos de investigación tradicionales se revelaban ineficaces para su captura. Había vivido una tranquila existencia de asesino en serie hasta que se le ocurrió ir a visitar una de las ciudades más hermosas del mundo: Venecia.

En realidad se trataba de una etapa obligada después del estreno en 2010 de una película titulada *The Tourist,* ambientada precisamente en la ciudad de los canales. La trama no tenía nada que ver con su actividad de caza, pero él era el único turista verdadero, y un cadáver «firmado» consolidaría su papel.

Pero todo había salido mal. Empezando por la elegida, que había tratado de matarlo con sus propias manos. Por suerte para él, el mal gusto la había llevado a decorar la entrada con un horrible paragüero metálico que había resultado útil para dejarla fuera de combate.

Pero el verdadero problema era obviamente esa maldita cámara de vigilancia disfrazada de góndola. Ahora alguien conocía su identidad.

Había escapado de Venecia en el último tren nocturno a París, donde había tomado un avión para volver a casa.

Tras su regreso, durante varios días había temido una irrupción de la policía, pero era una idea irracional, dictada por la frustración de no poder controlar la situación. En realidad, una vez que se afeitaba la barba y se quitaba las lentillas que le coloreaban los ojos de un gris fascinante, se convertía en un hombre distinto, casi imposible de reconocer. No había dejado huellas ni rastros genéticos, y podía sentirse razonablemente a salvo. De la policía, pero no de aquellos que habían hecho desaparecer el cadáver y vaciado el apartamento. Era obvio ya que la elegida debía de estar involucrada en algo turbio, hecho que explicaba también su habilidad para la lucha. Se había convencido de que se trataba de una banda bien organizada, y aunque no tenía ninguna experiencia en el ámbito delictivo, había madurado la certeza de que tratarían de vengarse a toda costa. Y, como es sabido, los malhechores cuentan con más medios que las fuerzas del orden. Una cosa era ponerse el uniforme de recluso, pero acabar colgado de un gancho de carnicero no entraba en sus planes. Tenía que descubrir su identidad como fuera y así trazar un plan adecuado para conjurar el peligro que corría.

Con este espíritu se dispuso el Turista a extraer los objetos contenidos en el bolso y a colocarlos sobre la cama de matrimonio, cubierta con una sábana inmaculada con aroma a lavanda.

Como telón de fondo, el piano de Yuja Wang, acompañado por la Tonhalle Orchester de Zúrich, celebraba el genio de Ravel. Al alcance de la mano, una copa de un exquisito muscat de Alsacia.

Hilse, su mujer, se había ido a dormir a casa de su íntima amiga y no volvería antes del día siguiente a la hora de comer. Lo hacía cada vez que discutían, y desde hacía un tiempo el motivo era siempre el mismo: traer un hijo al mundo. A sus treinta y seis años cumplidos, Hilse lo deseaba ardientemente. Él no. Corrían el riesgo concreto de generar otro psicópata que crearía problemas y lo pondría a él en peligro. Su adolescencia había sido una sucesión de actos desconsiderados que si no habían tenido consecuencias ni habían traído cola en su nueva vida había sido solo gracias al dinero de su madre, que le había permitido disfrutar de la protección de abogados caros y eficaces, y sobre todo le había brindado la oportunidad de cambiar de país y de nacionalidad.

Suspiró. Había tratado de disuadir a su mujer de todas las maneras. Él tenía cuarenta y tres años, no era la mejor edad para ser padre, pero ella no pensaba rendirse. Sobre todo porque tenía el apoyo incondicional de su familia y sus amigas. Se prometió que encontraría una solución en cuanto resolviera la historia de la banda de criminales.

Tuvo que hacer un esfuerzo para quitarse de la mente ese pensamiento molesto. Ahora tenía el tiempo necesario para entrar en la vida de la elegida, y nada en el mundo debía arruinarle ese momento.

Empezó con el estuche de maquillaje, oliéndolo y tocándolo. Se divirtió jugando con el pintalabios, aunque juzgó muy corriente el gusto de la mujer en ese terreno. Y eso que el perfume, del que encontró un frasquito miniatura, era de mucha clase. Quizá fuera un regalo, pensó, vaporizando un poco sobre los objetos. También vio una chocolatina Cluizel y un par de barritas energéticas de muesli. Las dejó a un lado para Hilse: le encantaban, y sería uno de esos «detalles» indispensables para parecer una persona normal.

La billetera lo sorprendió. De factura artesanal española de piel color tabaco, se podía comprar barata en los puestos callejeros de toda Europa. De ningún modo debería haberse encontrado en un bolso firmado por Alexander McQueen. La abrió con curiosidad.

No había tarjetas de crédito ni de débito. 1750 euros en billetes y casi seis en monedas. Un pasaporte belga a nombre de Morgane Carlier, nacida en Namur hacía cuarenta y un años. Observó la foto. Era reciente, y la elegida tenía una expresión indescifrable, la sonrisa estampada en los labios contradecía la severidad triste de la mirada.

Esa billetera no solo era fea, sino también desalentadora. No contenía nada verdaderamente personal, como fotografías, notitas o cartas de amor. Nada. Mientras comprobaba con rabia los numerosos bolsillos reparó en un resto de pegamento que sustituía la costura del forro del bolsillo trasero. Lo arrancó y enseguida vio que escondía una fotografía.

La mujer era mucho más joven y posaba abrazada a un hombre alto y rubio junto a un gran automóvil antiguo, blanco y brillante. A su espalda, el portón de una iglesia de la que era obvio que acababan de salir después de haber contraído matrimonio, dado que ella llevaba un vestido de novia, y él, un traje oscuro recién estrenado.

En el reverso, en el espacio que quedaba libre en el sello del taller de fotografía Chigot & Fils – 47, avenue Baudin, Limoges, ponía *Damienne y Pascal Gaillard – 9/9/2001*. Y, debajo, con una caligrafía claramente masculina, alguien había añadido: *El amor no tiene cura*.

Pascal. El Turista recordó entonces que la elegida había pronunciado un nombre varias veces mientras se asfixiaba. Ahora que lo pensaba, podía ser ese precisamente. Cerró los ojos para volver a saborear el momento, sus manos atenazando la garganta de la mujer, pero la curiosidad de ese descubrimiento lo obligó a volver a la realidad.

La mujer no se llamaba Morgane, pues, iba por ahí con un carné falso, y lo más probable era que hubiera nacido y crecido en la ciudad de las porcelanas. El Turista reparó en que la matrícula del coche era francesa, no belga, y este detalle lo empujó a comprobarlo. Fue al despacho, se sentó delante del ordenador, y la Wikipedia le aclaró que el modelo seguramente se había matriculado en los tiempos en los que en las placas aún se ponía el departamento francés de procedencia. Y el número 87 correspondía al de Haute-Vienne, cuyo centro más importante era Limoges. Se puso a buscar imágenes de iglesias del centro de la ciudad y no tardó en descubrir que la que aparecía en la foto era Saint Michel des Lions.

En su cabeza se agolpaban mil preguntas cuando tecleó *Damienne Pascal Gaillard Limoges*, y el resultado fue sorprendente. Internet vomitó docenas de artículos de prensa, vídeos de YouTube y fotos.

Le bastó una ojeada para comprender que todo lo que había supuesto hasta ese momento estaba a años luz de la realidad que ahora desfilaba ante sus ojos en la pantalla.

Con la ayuda del traductor del motor de búsqueda, se enteró de que Pascal Gaillard era un joven magistrado. El 16 de enero de 2012, a las 8:20 de la mañana, había sido asesinado al salir de su casa. Dos sicarios, un hombre y una mujer, se habían bajado de una furgoneta robada y lo habían acribillado a tiros con proyectiles de gran calibre. Un largo reportaje de la televisión francesa contaba con estupor que Gaillard no se ocupaba de casos que pudieran exponerlo a represalias, y Limoges era una ciudad tranquila, en la cola de las estadísticas de crímenes cometidos en Francia. Nadie había sabido dar ninguna explicación.

Tampoco su mujer, Damienne Roussel. En el funeral, su rostro parecía esculpido en piedra mientras escuchaba las palabras de recuerdo del alcalde y del presidente del tribunal. Se la veía de pie, muy tiesa en su uniforme de policía.

Pero el aspecto más asombroso de toda la historia era que el 11 de marzo de 2014 habían sacado de las aguas del río Vienne, a unos diez kilómetros de la ciudad, el Renault Clio propiedad de la viuda. En su interior, sobre el asiento del copiloto estaban el bolso y la chaqueta de la mujer. Sus colegas habían encontrado su pistola reglamentaria dentro de la guantera, junto con su placa y otros documentos.

Los buzos habían rastreado las aguas durante días sin el menor resultado. Al final todo el mundo se había convencido de que Damienne no había podido soportar el dolor por la muerte de su amado Pascal y se había quitado la vida.

El Turista pensó que el azar se había mostrado particularmente diabólico al urdir ese cruce de destinos en la hermosa Venecia. Ahora se sentía orgullosamente seguro de haber desbaratado quién sabe qué investigación secreta, dado que era obvio que la elegida no había interpretado el papel de suicida solo para cambiar de vida. Era lógico suponer que había entrado a formar parte de una estructura clandestina de la inteligencia francesa, quizá para dar caza a los asesinos de su marido.

Se sentía mucho más tranquilo ahora que había desvelado el misterio de la desaparición del cadáver. Los socios de la mujer habían hecho limpieza porque no podían permitirse que la agente, a la que todos creían muerta, volviera a aparecer de repente. Y estaba seguro de que no había en curso ninguna investigación oficial. Solo los agentes que operaban con la mujer conocían su rostro o, mejor dicho, el rostro camuflado que obviamente nadie volvería a ver jamás.

El Turista estaba seguro de que los servicios secretos tenían cosas mejores que hacer que investigar para descubrir su identidad, quizá ni siquiera supieran que se trataba de un asesino en serie, quizá pensaran que quien había matado a la mujer era un sicario a sueldo de alguna organización enemiga. No por ello debía bajar la guardia, pero estaba convencido de que los amigos de la elegida eran menos peligrosos que una banda de delincuentes.

Volvió al salón y, armado con un cúter, destripó el bolso en busca de otras «sorpresas».

En el fondo descubrió un bolsillo secreto, confeccionado pegando una capa adicional de piel. En su interior había una memoria USB. Estaba protegida por una contraseña que descifró casi enseguida combinando el nombre del amado maridito y la fecha de la boda. Contenía una treintena de fotos de la misma persona, inmortalizada entrando y saliendo de un edificio de Venecia. Se trataba de una bellísima mujer de unos treinta y cinco años y rasgos mediterráneos, con la mirada altiva de una princesa de cuento. La larga melena azabache le llegaba a media espalda. Alta, esbelta y elegante, llevaba en la mano un bolsito acolchado de charol de la marca Moschino. Al Turista le pareció irresistible y se encaprichó.

Por primera vez en su larga carrera de asesino en serie cambió su forma de elegir a la víctima. Esas imágenes robadas lo excitaron hasta tal punto que decidió que esa fascinante desconocida sería la próxima elegida, y empezó a planificar su regreso a la ciudad de los canales.

Saboreando el vino, pensó que al final Venecia tendría el honor de contar con una víctima del Turista. La idea de que pudiera ser peligroso apenas le cruzó la mente. Se repitió un par de veces que tendría cuidado y que reforzaría las medidas de seguridad.

Reunió las pertenencias de Damienne Roussel y las destruyó, menos la tarjeta SIM, que conservó en la billetera. Desde hacía un tiempo cultivaba la idea de llamar a un pariente de la víctima desde el número de una difunta. Quizá lo hiciera, aún estaba indeciso, pero se trataba de una fantasía a la que recurría para masturbarse con un placer especial.

Después se metió en el coche para ir a diseminarlas en las aguas del gran canal que desembocaba en el puerto. Pero luego no volvió a casa, hizo una llamada y se dirigió al apartamento de Kiki Bakker, su amante.

Kiki era una periodista alemana de origen holandés, tenía treinta y nueve años, y estaba locamente enamorada de ese hombre cuya doble vida obviamente ignoraba. Se habían conocido en Londres, en un concierto dirigido por la divina Marin Alsop en el Royal Albert Hall. Ella era la enviada especial de una prestigiosa revista musical alemana, y él, un simple espectador. Le sonrió mientras hacían cola en la entrada, y luego la mujer se lo encontró delante de repente durante el descanso.

—Me llamo Abel Cartagena —se presentó él, alargándole la mano.

Encantada, Kiki se dejó invitar a una copa por ese hombre tan atractivo que le contó que se encontraba en Inglaterra reuniendo material para escribir una biografía sobre el compositor Edward Elgar. Daba la increíble casualidad de que vivía en su misma ciudad.

En otras circunstancias habría desconfiado: era consciente de que poseía un hermoso rostro, de rasgos delicados, largas pestañas y ojos verde esmeralda, pero al mismo tiempo sabía que su sobrepeso le impedía ser competitiva en el terreno de los estándares de belleza.

Cartagena le dijo que estaba felizmente casado, pero siguió mostrándose seductor cuando la invitó a cenar. Le hizo reír y sentirse importante y deseable, por lo que Kiki lo invitó a tomar una copa en su hotel. No lo había hecho nunca antes por temor a un humillante rechazo, pero él era diferente. Lo presentía.

Él consiguió desconcertarla tras el primer largo beso apasionado.

—¿Cómo te gusta? —le preguntó.

—¿Perdona?

—¿Cómo te gusta hacerlo? Me refiero al sexo —le explicó, bajándose los pantalones.

Kiki lo miró, pasmada.

—No funciona así —balbució, cohibida—. La gente se encuentra, se gusta, y después trata de conocerse, de captar los gustos del otro con calma y dulzura.

Abel sonrió.

—Perdona, no quería ofenderte, pero yo creo que entre adultos ser concreto es una manera eficaz de relacionarse en el ámbito sentimental. Por ejemplo, yo por lo general tiendo a ser dominante, me gusta tomar la iniciativa porque tengo las ideas claras sobre cómo se folla a las distintas tipologías femeninas, ¿entiendes?

—¿Y yo a cuál pertenezco? —preguntó ella con voz ronca, y, en menos que canta un gallo, se vio a cuatro patas sobre la cama mientras Abel la poseía con las manos bien plantadas sobre sus glúteos. Demostró ser un amante hábil y atento a su placer.

Más tarde, mientras él se vestía, Kiki pensó que haría cualquier cosa por retener a su lado a ese hombre.

Ni por un segundo sospechó que su encuentro no hubiera sido fruto de la casualidad. Abel, el Turista, había seleccionado con mimo a tres mujeres sentimentalmente libres que vivían solas no muy lejos de su casa y cuya profesión les permitía viajar. Por motivos diversos, las otras dos no se habían dejado engatusar por su labia y su atractivo físico.

Con el tiempo su relación se había hecho estable, y Kiki Bakker se había resignado a la condición de amante, consciente de que no obtendría nada más. Sin embargo, Abel se las apañaba para que pudieran pasar breves periodos juntos, que vivían como una pareja de verdad. Eso ocurría cuando él tenía que ir a alguna ciudad para sus *investigaciones*. Ella se ocupaba de alquilar los alojamientos y de instalarse. Vivían momentos inolvidables, hasta que su amante le decía que se marchara porque tenía que trabajar. Kiki había tratado varias veces de convencerlo de que no lo molestaría, pero él la había interrumpido:

—Me haces perder la cabeza, cariño, no pensaría más que en pasarme el día en la cama contigo. Pero tengo que concentrarme para ganarme la vida.

Ahora ella estaba delante del espejo del baño, tratando de enjuagarse deprisa y corriendo la mascarilla de aloe, bicarbonato y limón que se había aplicado poco antes de que Abel anunciara su llegada. Una agradabilísima sorpresa, pero temía que no le diera tiempo a arreglarse. Él era bastante exigente al respecto, no soportaba el desaliño y alimentaba un odio especial por esa cómoda vestimenta hogareña que ella en cambio encontraba infinitamente relajante.

Cuando oyó el timbre se estaba pintando los labios y tuvo el tiempo justo de vaporizarse en el cuello y las muñecas el perfume que él le había regalado por su cumpleaños.

Abel Cartagena le sonrió y la besó en los labios y en la frente.

—Cada vez que te abrazo se me acelera el corazón —susurró, rozándole el lóbulo de la oreja con los labios. Sabía que esas carantoñas eran imprescindibles con Kiki, ella necesitaba que le confirmara continuamente su amor. Y él nunca se negaba porque esa mujer era insustituible.

—¿Te quedas a dormir?

—Claro. He venido para eso.

—¿Y tu mujer?

—Hoy pasa la noche en casa de una amiga. Hemos discutido, sospecha que tengo una amante —mintió.

Kiki no fue capaz de ocultar la expresión satisfecha que le cruzó el rostro fugazmente. Sería una verdadera suerte que Hilse lo abandonara por un ataque de celos.

Él fingió no haberse dado cuenta. En otra ocasión se lo habría reprochado, pero en ese momento le apetecía acostarse con ella, y nada lo distraería de su propósito. La tomó de la mano y la llevó al dormitorio. Mientras él se desnudaba, Kiki puso un cedé en el equipo, y las notas de *The Beatitudes* de Vladimir Martynov inundaron la habitación.

Por la música, Abel comprendió lo que deseaba Kiki esa noche y sacó de un cajón un tubito de lubricante con sabor a fresa y se lo extendió abundantemente en los dedos.

Ella cerró los ojos.

—Te quiero, Abel.

A la mañana siguiente, mientras desayunaban, él le anunció que tenía que regresar a Venecia para profundizar en su estudio del compositor Baltasar Galuppi.

Kiki no hizo nada por disimular su sorpresa.

—No entiendo que quieras seguir malgastando tiempo y energía en ese músico. Nunca ha sido una maravilla y tampoco tiene buena fama.

—Esa es tu opinión —objetó el Turista—. A mi editor le encanta, dice que esta vez quiere imprimir muchos más ejemplares.

—Porque no quiere perderte —se acaloró Kiki—. Pero es una biografía sin interés para el gran público.

—No estoy de acuerdo. Y a mí Galuppi me fascina —replicó Abel, tratando de inventarse una mentira plausible—, no solo desde el punto de vista musical, sino también humano. Obligado por la falta de éxito a dejar Venecia por Londres, donde fue un incomprendido, después tuvo que seguir la llamada de la emperatriz Catalina II e instalarse en San Petersburgo…

Kiki no contestó. Se dedicó a untar las tostadas con mantequilla y mermelada.

—Esta vez no podré estar ni un día contigo —masculló.

Ese era el motivo de tanto ensañamiento con el bueno de Baltasar. Kiki no estaba nada contenta de no poder seguirlo a Venecia. Él fingió sentirlo muchísimo. Le cogió una mano y se la besó.

—Estaré fuera poco tiempo, mientras tanto te pido que pienses en un compositor o un músico que juzgues digno de atención y te prometo que será objeto de mi próxima investigación. Obviamente, eligiendo una ciudad bonita y acogedora donde pasar tiempo juntos.

Ella sonrió, feliz.

—Por fin has decidido fiarte de mi gusto.

Abel pensó que en el fondo era excitante que Kiki se ocupase de decidir el lugar donde él disfrutaría encontrando y asesinando a otra presa. De paso, no le haría perder tiempo escogiendo él a otro dichoso músico. A él le era indiferente, pues no podía percibir la experiencia emotiva que la música generaba. Para Abel no eran más que sonidos y ruidos, pero había aprendido a fingir tan bien que gozaba de auténtica consideración en su sector.

—¿Cuándo quieres marcharte?

—Lo antes posible —contestó el Turista—. No quiero atormentarme pensando en ello todo el rato.

Kiki alargó la mano y le acarició la mejilla.

—No va a dar tiempo a que te crezca la barba, que es lo que te da suerte en tus investigaciones.

Abel se encogió de hombros.

—La culpa es de Galuppi —bromeó, pensando con una pizca de tristeza que, por culpa de esa maldita videocámara, ya nunca más se dejaría barba.

Había reflexionado mucho sobre nuevas maneras de camuflarse, pero solo podía cortarse el pelo muy corto. Un estilo que desentonaba con la imagen de musicólogo distraído que se había forjado meticulosamente con el tiempo. Pero no tenía más remedio.

Kiki terminó de desayunar con calma y luego fue a llamar por teléfono a la señora Carol Cowley Biondani, la propietaria del apartamento de Venecia, una inglesa viuda de un veneciano acomodado del que había heredado varios inmuebles que alquilaba durante breves periodos a precios razonablemente asequibles.

Había resultado ser amable y nada invasiva. Soñaba con que Venecia se separase de Italia y pasara a ser un puerto franco, para evitar los codiciosos impuestos del Estado italiano. Discurso que la había llevado a sugerir el pago en metálico, sin declararlo al fisco.

—Se libera dentro de un par de días —lo informó Kiki.

—Perfecto.

Se despidieron en la puerta. Él tenía prisa por marcharse, pero ella lo retuvo.

—Vuelve cuando quieras. Me gusta dormir contigo.

—Cuando «puedas» —la corrigió Abel, antes de besarla y abrazarla con fuerza.

Hilse, en cambio, tenía ganas de discutir. Debía de haberse pasado la noche hablando con su amiga de lo imbécil y egoísta que era su marido, y venía bastante enfadada, psicológicamente decidida a tener un enfrentamiento. Abel Cartagena no se preocupó, al contrario, consideró la situación una oportunidad para no dar demasiadas explicaciones sobre su próximo regreso a Italia. Su mujer no veía con buenos ojos sus largas ausencias, aunque sabía que las necesitaban para vivir. Su sueldo de contable en una empresa de tamaño medio, productora de detergentes ecológicos, no habría bastado para garantizar el tren de vida del que disfrutaban.

—Abel, tenemos que hablar —atacó Hilse en tono gélido.

Él levantó la mano para interrumpirla.

—Lo sé: estás exasperada, pero no eres la única. He pensado mucho en este triste momento que estamos viviendo, y pienso haber encontrado una solución que quizá pueda conciliar las exigencias de ambos.

Su mujer lo miró con recelo.

—¿De qué estás hablando?

Él le dedicó una sonrisa complacida.

—De adoptar.

Hilse se quedó pasmada. Abrió la boca, incapaz de emitir sonidos ni de pronunciar palabra alguna.

Se golpeó el vientre una, dos, tres veces, cada vez más fuerte, mientras los ojos se le llenaban de lágrimas.

—Quiero un hijo que sea mío, cabronazo hijo de puta.

Abel abrió los brazos.

—Hasta ahora no me había dado cuenta de lo egoísta que eres —replicó en tono sereno y preñado de amargura—. Pensaba que salvar a un desdichado niño del tercer mundo podría hacernos mejores y evitarnos el estrés de un embarazo complicado y de la depresión posparto. Por otro lado, no puedo por menos de recordarte que eres una primípara entrada en años.

Hilse no estaba preparada para un golpe tan bajo y renunció a seguir discutiendo.

—Voy a preparar mis cosas: me vuelvo a casa de Evelyn.

El Turista siguió interpretando el papel de hombre herido y decepcionado.

—Me doy cuenta de que necesitas reflexionar, pero dudo que una amiga que no ha sido capaz de tener una relación decente en toda su vida sea la persona más adecuada para ayudarte en este momento.

Hilse solo alcanzó a lanzarle una mirada torva antes de correr a su cuarto a llenar la maleta que acababa de vaciar.

Él la esperó en el umbral. Trató de abrazarla con un gesto tierno y desesperado, pero ella se zafó y se marchó dando un portazo.

El Turista se volvió hacia el gran espejo que adornaba la entrada y ensayó la escena con la concentración de un actor la víspera del estreno. «Eres siempre el mejor, Abel», murmuró complacido.

TRES

El excomisario Pietro Sambo levantó la tapa de la cazuela de barro, pescó un trozo de marisco con la vieja cuchara de madera y lo saboreó, masticándolo despacio. La cocción era perfecta a su juicio, esperaba que sus invitados apreciaran esa receta de calamares cocidos en su tinta y acompañados de polenta de maíz blanco. En esa época del año eran particularmente tiernos, y los habían pescado a pocas millas de la costa veneciana.

Mathis y César eran sus primeros invitados desde que se mudaran su mujer y su hija, y él se sentía un poco incómodo porque la casa ya no era la misma. Le parecía fría y poco acogedora, la enésima expresión de su fracaso. No le era de ninguna ayuda saber que el francés y el español no se fijarían en el apartamento porque tenían cosas mucho más importantes en que pensar, y que esa cena solo podía organizarse en un lugar protegido de miradas indiscretas.

En realidad, Sambo no quería reconocerse a sí mismo que esa noche tendría que dar una respuesta definitiva a cambio de algunas verdades obviamente revisadas y corregidas a medida. A su medida. Querían convencerlo de violar la ley, y ese era un límite que él ya no tenía intención de rebasar. Se había jurado a sí mismo que no habría una segunda vez.

El timbre sonó antes de tiempo. César le entregó una botella de vino, y Mathis, el postre. Echó una ojeada al envoltorio. Ese día los dos habían ido a tierra firme para quién sabe qué, y en Mestre habían ido a parar a una de las mejores pastelerías de la región. No podía ser casualidad. Dedujo que tendrían otro contacto local.

El anfitrión descorchó una botella de Marzemina blanco de Casa Roma. Los invitados bebieron y volvieron a llenar las copas. Estaban impacientes por ir al grano, pero él aún no estaba preparado.

—Esta cepa es muy antigua —explicó para ganar tiempo—. En el siglo XVIII estaba muy extendida en el Véneto oriental.

Mathis se quedó impasible y César se encogió de hombros antes de preguntar:

—Bueno, ¿qué? Pasan los días, y nosotros necesitamos tu ayuda.

—Y yo necesito saber quiénes sois —le cortó Pietro.

Dio media vuelta y se fue a la cocina, de donde volvió unos instantes después con los calamares y la polenta. Mathis empezó a servirse.

—Cuanto menos sepas, mejor. Para ti y para nosotros —dijo—. Ahora mismo podemos asumir la responsabilidad de contarte el mínimo indispensable. Tendrás que contentarte con eso.

Sambo asintió.

—De acuerdo.

—Formamos parte de un pequeño grupo franco-ítalo-español nacido de un acuerdo secreto entre los servicios de inteligencia de estos tres países.

—Una estructura clandestina —comentó Pietro.

—Sí —admitió Mathis—. Nosotros no existimos. Hemos fingido que nos jubilábamos, que dejábamos el trabajo…

—¿Con qué fin? —quiso saber el excomisario.

Contestó César:

—Localizar y eliminar físicamente a los miembros de una organización también clandestina formada por tránsfugas de distintos servicios secretos que han puesto sus servicios a disposición del crimen organizado.

45

—Dan caza a los infiltrados, los confidentes, los arrepentidos y los testigos protegidos. Y los matan —añadió Mathis—, además, naturalmente, de eliminar a policías, jueces y todas aquellas personas que supongan un objetivo demasiado difícil para las mafias.

El excomisario fingió concentrarse en la comida.

—¿Por qué me da la impresión de que esto ya lo he visto en el cine?

Mathis y César intercambiaron una mirada.

—¿De verdad crees que esto es solo el guion de un *thriller*? —preguntó el español, ofendido.

Sambo arrojó los cubiertos al plato en un gesto de enojo.

—Pero ¿con quién os creéis que estáis hablando? —preguntó sin alzar la voz—. Antes de arruinarme yo solo la vida, era el jefe de la brigada de homicidios. He oído muchas historias sobre los servicios secretos, pero esta se lleva la palma.

El francés se lo quedó mirando, dedicándole una irritante sonrisa de suficiencia.

El excomisario acabó por cansarse.

—Para ya porque me estás tocando los cojones.

—Eras un poli de suburbios, tu carrera fue la de un boxeador de segunda categoría que nunca llegó a pelear en los *rings* importantes —le dijo Mathis entre dientes en tono cortante.

Pietro encajó el golpe y ni siquiera trató de replicar. Se las había visto con delincuentes de toda índole, pero entendía las intenciones del francés. El problema era que distinguir la verdad de los rumores y los mitos siempre resultaba complicado cuando se trataba de espías.

César se mostró más conciliador.

—Yo también era un poli de provincias —le confió—. Después me vi envuelto a mi pesar en esta historia y tuve que elegir.

—Matar a los malos —añadió Sambo resentido.

—Sin el menor remordimiento —replicó al instante el español.

—Incluso aquí en Venecia —prosiguió el expolicía.

Mathis suspiró. Había llegado el momento más delicado y decisivo para el resultado del encuentro.

—¿Estás seguro de querer conocer esta información? Tiene que ver con una actividad ilegal en suelo italiano.

Pietro se agarró al tiempo que se tardaba en encender un cigarrillo para tratar de dar un paso atrás y salir de esa historia, pero decidió llegar hasta el fondo de la cuestión.

—Sí —dijo exhalando el humo hacia el cono de luz de la lámpara.

—Nuestra colega, a la que según tú mató ese asesino en serie, el Turista, le seguía la pista a Ghita Mrani, una exagente de la DRM, la inteligencia militar de Marruecos, y había descubierto que se había afincado en Venecia desde hacía un par de meses. Nos reunimos con ella y pusimos a la mujer bajo vigilancia.

—¿Y qué descubristeis?

—Nada. Vive de alquiler en un apartamento de lujo en un edificio noble y se comporta como una mujer adinerada que va de compras y sale a restaurantes y teatros.

—Quizá se haya retirado —aventuró Sambo.

Los dos negaron con la cabeza con vehemencia.

—Es demasiado codiciosa, cruel y despiadada para salir de la organización —explicó Mathis—. Estamos seguros de que está montando una base de operaciones. A su debido tiempo llegarán los demás, y entonces es probable que alguien muera.

—¿Los «malos» están al tanto de vuestra existencia?

—Ahora ya la sospechan, o quizá la den por sentada —explicó el español—. Hemos eliminado a dos miembros relevantes y golpeado a unos cuantos hombres de segunda fila. Es lógico suponer que hayan puesto en marcha medidas defensivas.

—Y vosotros ¿cuántas bajas habéis sufrido?

—Solo la mujer asesinada por tu Turista —contestó Mathis, que se apresuró a aclarar—: «tu» en el sentido de que te corresponde a ti dar con él.

Pietro hizo caso omiso de la provocación y, rumiando la información que acababa de obtener, se levantó para ir a por los platos y los cubiertos para el postre. Cuando le quitó el envoltorio tuvo la confirmación de sus sospechas.

—Este es mi dulce preferido desde mi más tierna infancia, la pinza veneciana, llamada también tarta de la Marantega, o tarta de la Bruja, y ni siquiera dos superinvestigadores como vosotros podíais conocer este detalle —dijo hundiendo el tenedor en la blanda masa—. En esta época del año solo se elabora por encargo, y vosotros nunca habéis puesto un pie en esta pastelería. Alguien bien informado, que además está al corriente de esta cena, os ha utilizado como mensajeros para que me convenciera de que sois buenos chicos y de que lo que me habéis contado tiene, por lo menos, un fondo de verdad.

Los invitados se quedaron impasibles y se comieron su porción comentando entre ellos que la tarta estaba buena pero tampoco era para tanto. Pietro pensó que no entendían nada de la poesía de esa obra de arte a la que en Vicenza llamaban «puta dulce», pero renunció a una inútil polémica tachándolos de «bárbaros».

—Es inútil que os pregunte su nombre, ¿verdad? —dijo de repente.

—No es conveniente —contestó el español con una sonrisa—. Si llegara a ser necesario, ya te contactaría ella.

La curiosidad era tan fuerte que le entraron ganas de gritar, pero se dominó. Esa persona tan misteriosa tenía que formar parte a la fuerza de su pasado profesional, del que lo habían echado a patadas. Se convenció de que aceptar el encargo podía representar la ocasión de reanudar el contacto con ese ambiente.

—De acuerdo —dijo con la garganta seca—. Desde mañana por la mañana empezaré a indagar, pero no esperéis grandes resultados, obviamente ya no dispongo de los recursos de investigación que tenía antes.

—Nosotros sí —replicó el francés, sacándose del bolsillo de la chaqueta una llave USB en forma de pececito—. Esta es toda la información de la que disponemos hasta ahora, pero velaremos por dar respuesta a todas tus preguntas.

Sambo se apoderó del soporte de memoria y se lo guardó en el bolsillo de los pantalones.

—No quiero verme implicado en vuestras operaciones bajo ningún concepto.

—Nunca hemos tenido la más mínima intención de que así fuera —resopló César arrojando sobre la mesa un sobre amarillo—. Esto es para tus gastos: diez mil euros.

De repente los invitados decidieron que ya habían molestado bastante. Habían conseguido lo que querían.

Pietro sintió alivio. Tenía la necesidad urgente de analizar la masa de información que habían compartido con él.

En la puerta, Mathis esperó a que César empezara a bajar la escalera y le puso una mano en el hombro a Pietro.

—Me gustaba —susurró—. Estaba enamorado. Ella fingía no haberse dado cuenta, pero no me importaba porque pensaba que, cuando terminara toda esta historia, tendría ocasión de convencerla de que podía hacerla feliz. Pero cuando llevas esta vida de mierda, ya no puedes afrontar los sentimientos con lucidez y te comportas como un crío.

Asombrado por la confidencia, Sambo se limitó a asentir, y el francés se marchó sin decir más. No hacía falta.

Pietro pasó una noche complicada y tuvo un despertar marcado por un molesto reflujo gastroesofágico que trató en vano de contener con un cóctel a base de fármacos, café y tabaco.

Contrariamente a lo que había asegurado la noche anterior, el Turista no era parte de sus prioridades. Es más, estaba muy lejos de su pensamiento. Después de desayunar en el bar de la viuda Gianesin y de un breve paseo por Rio Terà San Leonardo, Sambo llamó a la pastelería de donde procedía la tarta.

La dueña le dijo que la había encargado por teléfono una «señora» pero que no recordaba más.

Pietro entró en una taberna algo apartada en Fondamenta degli Ormesini, frecuentada solo por venecianos, y pidió un vino blanco. Algunos parroquianos lo reconocieron y se metieron con él soltando un par de pullas en voz alta.

Él hizo caso omiso. No solo por costumbre, sino también porque estaba demasiado concentrado en adivinar quién podía ser la señora de la llamada. En realidad, solo una de aquellas con las que había coincidido en la policía podía (por grado, experiencia, contactos y falta de escrúpulos) suscitar el interés de agentes del calibre de Mathis y César. Pero no podía tratarse de la subjefa adjunta Tiziana Basile porque había sido su peor enemiga tras el escándalo. Sus declaraciones en prensa habían sido violentas y crueles, con el fin de arrojar sombras sobre la carrera entera del comisario Sambo.

De repente empezó a lloviznar y Pietro volvió a casa para profundizar en el perfil del Turista.

Se quedó unos minutos delante del ordenador, con la llave de memoria apretada en el puño. Estaba emocionado. Por primera vez se dio cuenta de que volver a ocuparse de un caso le haría bien, aliviaría la oscura desesperación que sentía por haberse convertido en un desecho.

Entre los varios archivos buscó el que contenía las imágenes del asesino en serie. Eligió el primer plano más nítido e imprimió varias copias en papel fotográfico. Después se enfrascó en la lectura de un perfil redactado por la Interpol. La estructura a la que pertenecían César y Mathis contaba con una red de apoyos de verdad eficaz en el plano informativo.

Según el equipo de expertos que había analizado el *modus operandi*, el Turista era un depredador solitario que estrangulaba a mujeres jóvenes en la entrada de sus casas, observando un ritual preestablecido, aunque poco refinado todavía, y se apropiaba de sus billeteras, desaparecidas todas a día de hoy. La ausencia de violencia sexual había convencido a los expertos de que el elemento fundamental en la elección de las víctimas era el trofeo. Los bolsos eran siempre de marca y excelente factura.

La sección titulada «Hipótesis sobre la identidad» era la más breve, apenas un puñado de líneas. El sujeto actuaba en ciudades muy frecuentadas por turistas. Probablemente fuera joven, con una edad comprendida entre los veinticinco y los treinta y cinco años, caucásico y de nivel sociocultural medio alto. Nada más.

Sambo observó la foto del asesino en serie y pensó que tampoco era tan joven. Aparentaba entre cuarenta y cuarenta y cinco años. Una información que antes o después tendría que compartir con los perfiladores que investigaban sus crímenes, los cuales suponían que disponía de recursos que le permitían desplazarse, derivados quizá de una situación familiar desahogada o de una actividad profesional remunerada, con largos periodos de tiempo libre que podía dedicar a viajar.

Tras el cuarto crimen, habían tomado en consideración a conductores de autobús, ferroviarios viajantes, pilotos y asistentes de vuelo, pero ninguna de estas categorías paraba en las ciudades lo suficiente para poder contarse entre los posibles sospechosos.

Tras el sexto homicidio se llevó a cabo una gigantesca comprobación cruzada de las imágenes de las cámaras de vigilancia próximas a los lugares donde habían sido agredidas las víctimas. De nuevo fue en vano. Se aisló a algunos individuos que se habían comportado de manera sospechosa por el cuidado con el que habían evitado exponer el rostro a los objetivos mediante el uso de sombreros y gafas de sol, y manteniendo la cabeza gacha, pero no se hallaron correspondencias. Prueba evidente de que el Turista sabía lo que hacía.

El excomisario se saltó una treintena de páginas de valoraciones psiquiátricas y buscó la parte en la que explicaban cómo y dónde entraba en contacto con sus víctimas. Los investigadores se mostraban de acuerdo en que ocurría por la calle y que el sujeto seguía hasta su casa a mujeres totalmente desconocidas. Al contrario que otros asesinos en serie, no planificaba sus crímenes, pero el discreto número de «éxitos» y la cautela y la vigilancia en su manera de actuar indicaban que no tenía la más mínima intención de dejarse atrapar.

—Por fin algo de verdad útil —pensó Sambo mientras revisaba los archivos en busca de aquellos que contenían los movimientos de la mujer. El francés y el español sabían con certeza que su compañera se había apeado en la estación de ferrocarril de Santa Lucia y volvía a la casa que tenía alquilada. Mathis la había llamado al móvil mientras estaba a bordo del *vaporetto* que la llevaba a la parada Ospedale, desde la que seguiría el camino a pie.

Por primera vez pudo saber dónde vivía la víctima, y aprovechó para trazar el recorrido más rápido y las distintas alternativas.

Salió de su casa y fue a pie hasta la estación, donde vagó por el vestíbulo observando a las mujeres con los ojos del Turista, y a los hombres con ojos de poli, esperando a que llegara el mismo tren del que se había apeado la agente. Reconoció a excompañeros a la caza de carteristas y a agentes de antiterrorismo y de la brigada de estupefacientes. Como en todos los lugares sensibles, la vigilancia era meticulosa, aunque el flujo de personas era tal que hacía insuficientes los efectivos dedicados a la seguridad. Se percató de que llevaba un buen rato sin observar a las mujeres cuando empezó a apreciar la belleza de algunas de ellas. Las extranjeras no lo atraían especialmente porque las venecianas, además de ser fascinantes, eran muy simpáticas. Y estaban un poco locas. Su costumbre de flagelarse lo llevó a recordar los momentos de intimidad con Isabella, sumiéndolo en un abismo de sentimiento de culpa.

El anuncio de megafonía, repetido varias veces, lo devolvió despacio a la realidad y, mezclándose con los pasajeros, recorrió de nuevo el trayecto de la agente asesinada. Buscaba ideas, indicios o, más bien, sugerencias investigativas que en sus años de carrera había aprendido a no subestimar. En particular, quería tratar de dar sentido a la única anomalía evidente de ese delito: el Turista no había dejado Venecia justo después de cometer su fechoría, es más, ante el hecho de que no se había descubierto el cuerpo, había vuelto seis días más tarde al escenario del crimen para comprobar qué había ocurrido, corriendo un riesgo enorme. Y, en efecto, había caído en la trampa de la cámara de vigilancia camuflada en la maqueta de una góndola.

El dato objetivo era que el asesino en serie contaba con un lugar seguro donde esconderse.

Sambo ignoraba qué explicación se habría dado el Turista sobre el misterio de la víctima desaparecida, pero tenía la sospecha, respaldada también por el informe de la Interpol, de que la publicidad de los medios de comunicación era un elemento al que no estaba dispuesto a renunciar. Cabía esperar, pues, que se pusiera a buscar a otra mujer con un bolso bonito.

La idea de que el asesino pudiera estar aún en la ciudad, listo para atacar, era difícil de soportar, sobre todo sin poder alertar a las fuerzas del orden. Si volviera a matar, Sambo nunca se lo perdonaría.

Una hora más tarde entró en un bar lleno de gente en Barbaria delle Tole para tomar el aperitivo. Pidió un blanco seco, reflexionando sobre el hecho de que el Turista había actuado en una ciudad semidesierta y poco iluminada, porque al anochecer Venecia ya no era funcional para el consumo turístico. Los pocos locales aún abiertos a esas horas eran islas donde se refugiaban los residentes para tomarse una última copa entre amigos antes de volver a casa. Como en todas las demás ciudades del Véneto, la «movida[2]» se concentraba en una plaza, en este caso en Campo Santa Margherita. Muchos jóvenes, hectolitros de Spritz, trapicheo, jaleo, residentes cabreados y un control policial que desguarnecía de personal las otras zonas de la ciudad.

Venecia era bastante segura pese a todo, pero un asesino en serie con las características del Turista podía hacer su agosto. El único peligro verdadero que corría y en el que no podía no haber reparado era que, en el caso de ser descubierto y verse obligado a poner tierra de por medio, las posibilidades de huida eran francamente escasas. Lo habían intentado muchos, pero solo uno lo había conseguido. Se trataba de una leyenda de la delincuencia local: un joven que no

---

[2] En español en el original. (N. de la T.)

le tenía miedo a nadie, y menos a la policía. Al final habían puesto fin a su huida con dos balazos en la espalda, mientras escapaba a bordo de una lancha motora por Rio del Piombo: no había habido otra manera.

Pero un asesino en serie estaba hecho de otra pasta: no tendría escapatoria.

Sambo subió a un *vaporetto* en Ca' d'Oro y se bajó en Rialto. Detrás de la estatua de Goldoni estaba la calle de la Bissa, que llevaba, tras recorrer unos pasos, a un viejo asador siempre abarrotado donde se comía bien a buen precio.

El excomisario echó una ojeada a los platos y pidió un *risotto* a la pescadora y una copa de verduzzo. Se instaló en una mesita apartada desde la que se veía bien la entrada. El tipo al que esperaba encontrar llegó poco después. Se llamaba Nello Caprioglio y llevaba la seguridad de varios hoteles. Enseguida se hizo notar, cambiando frases en dialecto con otros parroquianos y con el empleado encargado de la caja. Llamó a voces a una de las cocineras, que salió unos segundos después con una bandeja de fritura humeante. Le echó unos cuantos piropos y ella le contestó con comentarios subidos de tono, suscitando las risas y las bromas de los presentes. Los venecianos son así: les encanta la burla, la ironía mordaz y el jolgorio.

Caprioglio se volvió hacia Sambo, lo señaló con expresión sorprendida y atrajo la atención general con una sabia pausa teatral.

—Mira quién está aquí: el excomisario —dijo—. Con todo el dinero que ha ganado a costa de nosotros, pobres contribuyentes, como poco debería invitar a un par de botellas de prosecco.

Naturalmente, la idea fue recibida con entusiasmo, y Pietro le hizo un gesto de aceptación al camarero. Un par de minutos después, Caprioglio fue a sentarse a su mesa. Era un hombre de cincuenta y tantos años, bajo y corpulento. El cuerpo de *carabinieri* no había considerado su estatura suficiente para poder enrolarse, por lo que había tenido que contentarse con ser un poli a medias. Se conocían desde niños, pues ambos habían nacido y crecido en el barrio de Castello. Nunca habían sido amigos, pero siempre se habían respetado, y sus respectivas profesiones habían hecho que sus caminos se cruzaran muchas veces.

Caprioglio era una buena persona y había visto muchas cosas en su vida para saber que Sambo merecía indulgencia.

—Apuesto a que no estás aquí por casualidad —le dijo en voz baja.

Pietro negó con la cabeza.

—Necesito una comprobación. Estoy buscando a un tipo.

—Eres la última persona que puede permitirse ir por ahí en esta ciudad diciendo una chorrada como esa —comentó sorprendido.

El expolicía se sacó del bolsillo interior de la chaqueta el primer plano del Turista.

—Tengo que saber si se aloja aquí en Venecia.

Caprioglio observó el rostro de la fotografía.

—¿Quién es?

—No puedo decírtelo y tampoco me apetece meterte una trola —contestó Sambo.

—¿Peligroso?

—Mucho.

—Tienes que contarme algo más, Pietro.

—Estoy siguiendo una intuición. Quizá este tipo cuyo nombre y cuya nacionalidad desconozco se encuentre aquí en Venecia, y con las peores intenciones.

—No me has dicho nada útil —lo recriminó.

Sambo se encogió de hombros.

—Dime una cantidad.

—¿Solo Venecia o también provincia?

El razonamiento era correcto. La mayor parte de los turistas se hospedaba en alojamientos de los alrededores, menos caros y disponibles en abundancia incluso pocos días antes de la estancia. Pero este, en particular, debía de poder contar con la seguridad de un refugio no muy lejano.

—Es una rata de alcantarilla —explicó, empleando la jerga de la policía—. Siempre anda cerca de su madriguera.

—Si se hospeda en uno de los muchos b&b ilegales, no habrá forma de dar con él —objetó Caprioglio.

Tenía razón. La red de propietarios caraduras que no comunicaban al fisco los datos de los huéspedes hacía tiempo que se había convertido en una plaga para las fuerzas del orden. Publicidad y contacto vía Internet nada más, y la evasión de impuestos estaba asegurada.

—Comprueba los alojamientos registrados, de los demás ya nos ocuparemos después, aunque espero que no sea necesario.

El hombre asintió pensativo.

—No puedo pedirte menos de tres mil.

—Está bien —dijo Pietro—. Puedo darte la mitad ahora mismo.

—¿De dónde sacas el dinero? Todo el mundo sabe que te tienes que apretar el cinturón.

—Dispongo de unos ahorrillos.

—Venga ya. Trabajas para alguien, y me gustaría saber de quién se trata.

Sambo lo miró fijamente.

—¿Tanto importa eso? Tú no te expones a nada.

Nello soltó una risita sarcástica.

—Podría haberte pedido más, ¿verdad?

—Sí.

Caprioglio suspiró.

—Vete a mear y deja el sobre detrás de la cisterna del váter.

Pietro apuró el vino y se levantó.

—¿Cuánto tiempo necesitas?

—Nos vemos aquí dentro de un par de días —contestó Caprioglio levantándose a su vez.

Sambo se paró a contemplar el puente de Rialto. En el ápice de su carrera solía ir a acodarse en el pretil que dominaba el Gran

Canal. En esa época creía ser indispensable para proteger a la comunidad y que Venecia le debía gratitud. No había entendido que su ciudad no tenía consideración ni por sí misma.

Un *vaporetto* procedente de la estación pasó despacio delante de él. Evitó mirar al típico grupo de turistas que saludaban sin parar a todo el mundo con exagerada alegría.

Prefirió encender otro cigarrillo para no caer en la tentación de tratar de grabarse sus rostros, preguntándose sobre la vida de esos desconocidos. Sabía bien que no podría evitar la amargura de no poder cambiar su suerte por la de estos, de no poder dar la suya a cambio de otra cualquiera.

En Venecia, en su belleza concentrada de agua y piedra, los destinos se rozaban entre sí a miles cada santo día. A veces se cruzaban o entraban en ruta de colisión y acababan por confundirse.

Pietro Sambo oyó el zumbido del motor del *vaporetto* que aminoraba la velocidad a la vista del embarcadero en la otra orilla del canal, y sin un motivo definido decidió reemprender camino.

Uno de los primeros pasajeros en desembarcar fue Abel Cartagena, que echó a andar con paso rápido en dirección opuesta.

CUATRO

Cartagena no tuvo más remedio que tragarse la cháchara y el té de la propietaria, la señora Carol Cowley Biondani, antes de hacerse con las llaves del apartamento de Campo de la Lana. Un dormitorio, despacho, cuarto de baño, salón y cocina. Se trataba de una vivienda amplia, con una buena distribución y decorada con gusto.

Abel se sentía nervioso. Estaba impaciente porque pasara la noche para ir a la caza de la nueva elegida a la mañana siguiente. No tenía hambre ni tampoco sueño. Encendió el ordenador, tecleó en Google *Venice images* y empezó a pasar revista a docenas de fotos de edificios en busca de aquel que albergaba presumiblemente a la mujer hermosa y misteriosa. Pensó que sería de verdad mágico violar su bolso, después de arrebatarle la vida, y descubrir por qué era tan importante para la agente belga, hasta el punto de esconder una llave de memoria con sus fotos en el fondo de su bolso.

«Cosas de espías», pensó. El azar lo había llevado al meollo de una intriga y él, el Turista, seguiría descabalando las cartas. Y solo porque le provocaba placer. Era fantástico. Matar durante años en la impunidad más total le había hecho sentirse invencible, pero ahora se sentía también poderoso. En todos los textos que había leído sobre psicopatía, los expertos recalcaban hasta qué punto las personas como él eran capaces de incidir negativamente en la vida de los demás. Y esta vez, por añadidura, en Dios sabía qué intereses e historias que implicaban a un número no precisado de sujetos.

Se levantó de repente y fue a buscar un espejo. Se atusó el cabello y observó con atención los rasgos de su rostro. Su próxima víctima tendría el privilegio de contemplar la belleza antes de exhalar su último suspiro.

Venecia es una ciudad retratada hasta en los más mínimos detalles. Resulta casi imposible encontrar un lugar que no haya sido fotografiado desde todos los ángulos posibles y publicado en Internet. Poco después de las tres de la madrugada, Abel encontró lo que buscaba y se fue a dormir. Se despertaría con toda la calma del mundo, la mujer de sus deseos no parecía tener que levantarse temprano por las mañanas.

Cuando salió, buscó a uno de tantos inmigrantes que vendían paraguas. Cuando llovía aparecían por todas partes. Compró por cinco euros el menos llamativo, un modelo plegable de cuadritos negros y azules.

Después se dirigió a San Sebastiano. Había empezado la caza. El edificio situado en la calle Avogaria que se disponía a vigilar tenía una fachada severa, pero los materiales y su cuidada restauración sugerían lujo y discreción. Reparó disgustado en una cámara de vigilancia en la esquina superior derecha del portón de entrada, hecho que devolvió al centro de sus preocupaciones la necesidad de estudiar un nuevo disfraz.

Pero el verdadero problema radicaba en que esa zona, que las guías turísticas consideraban de poco interés, tenía escaso tránsito y no había un lugar apropiado desde el que observar largo rato el edificio. Llamaría la atención enseguida y no podía olvidar que, casi seguro, la mujer pertenecía al mundo de los servicios secretos.

Miró a su alrededor y reparó en el viejo y desvaído rótulo de la pensión Ada, cuyas ventanas ofrecían una vista perfecta. Sin embargo, no tuvo más remedio que excluir esa solución, pues se habría visto obligado a registrarse con su pasaporte.

Al Turista le habría asombrado descubrir que precisamente, desde la tercera ventana empezando por la izquierda, un hombre, un tal Mathis, lo estaba fotografiando, disgustado por no poder enmarcar su rostro en el teleobjetivo por culpa del paraguas que sostenía y que, sin lugar a dudas, en ese momento no lo protegía solo de la lluvia.

Saber además que se trataba de un buen amigo de su última víctima lo habría llevado a nuevas e importantes reflexiones sobre lo extraño del caso.

Totalmente ignorante de que estaba siendo observado, decidió que la única posibilidad de proseguir con su vigilancia era hacerlo desde un puentecito a unos cincuenta metros de distancia, desde donde alcanzaba a ver una pequeña parte de la entrada. Tuvo que conformarse, y para justificar su presencia sacó su cámara fotográfica de una pequeña mochila y fingió interesarse por las casas que daban al canal.

Su paciencia se vio recompensada un par de horas más tarde. La elegida salió algo antes de las dos de la tarde. Había cambiado de bolso, ahora lucía un modelo Birkin de Hermès, a juego con la gabardina y el elegante paraguas de la misma marca. Calzaba botas de goma y raso de Dolce & Gabbana.

La siguió cómodamente hasta un restaurante de lujo, donde el *maître* la recibió con la inclinación reservada a los clientes generosos con las propinas. Abel no se atrevió a seguirla dentro del local y se fue a tomar un par de sándwiches en un bar cercano, encaramado a un taburete desde el que podía ver si la elegida decidía de repente interrumpir su almuerzo.

En lugar de eso transcurrió más de una hora y media, durante la cual la dueña del bar lo obligó a pedir una porción de tarta y un café. Solo entonces salió la mujer del restaurante, y siempre bajo una lluviecita primaveral se dirigió con paso indolente a la zona donde las marcas más prestigiosas tenían sus comercios.

El Turista estaba hipnotizado por el bolso, uno de sus preferidos. Nunca había tenido a su alcance una posible víctima tan elegante. Esperó que, al contrario que Damienne Roussel, no fuera parca en pertenencias y pequeños secretos. Y, sobre todo, que en el momento adecuado se mostrase más dócil.

Tomaría sus precauciones, no le dejaría tiempo para reaccionar.

Después de probarse un par de vestidos que no le favorecían en absoluto, entró en una tienda de alfombras antiguas. Cartagena intuyó que algo no marchaba bien cuando, al pasar por enésima vez ante el escaparate, vio a su anciano propietario mordiendo una manzana.

Estaba seguro de que no se permitiría ese tentempié en presencia de una cliente tan adinerada. Abel tomó por la calle Veste y descubrió una puerta trasera que la elegida había utilizado para escabullirse.

El Turista se alejó deprisa de la zona, sin dejar de echar ojeadas a su espalda. Estaba seguro de haber seguido a su presa sin cometer errores. Y ella no se había vuelto ni una sola vez, sus miradas no se habían cruzado. Pensó que quizá se tratara de una norma de seguridad habitual entre los miembros de los servicios secretos. Por otra parte, tanto en las novelas como en las películas, los agentes solían recurrir a ese truco. En cualquier caso, lo habían engañado bien. Esa era la única e incontrovertible verdad.

La ira arrasó su mente como una marea. Pero duró poco: Abel sabía bien que, en un psicópata, ese sentimiento puede causar alteraciones del comportamiento peligrosas para su integridad.

De joven, de tanto en tanto cultivaba la ira hacia sus semejantes con el cuidado maníaco que se dedica a un bonsái. A veces por motivos nimios, lo cual le había causado no pocos problemas y apuros judiciales: tuvo que pasar un año entero en un reformatorio de Su Majestad.

Se paró en una tiendecita de Campo San Pantalon a hacer la compra para la cena. Estaba impaciente por volver a casa a reflexionar con calma sobre la situación, porque en ese momento el instinto le aconsejaba categóricamente que renunciara a la caza. La elegida era una presa demasiado difícil y peligrosa.

En Campiello Mosca se cruzó con una mujer de unos cincuenta años cuyo rostro no vio, pues se lo cubría el paraguas, pero sí el bolso. Era un modelo de Monya Grana que no conocía.

Seguramente acababan de sacarlo al mercado. Se puso a seguirla sin pensar demasiado en las consecuencias, solo quería desahogarse. Al cabo de unos cien metros, por sus zapatos y por cómo miraba los escaparates, supuso que se trataba de una extranjera. En un momento dado alcanzó a ver el rostro de la mujer, soso e inexpresivo, y entendió que era inútil perder el tiempo.

De vuelta en su refugio y tras una larga ducha, encendió el ordenador para mirar las fotos de la elegida. Vio un correo de Kiki, en realidad una auténtica carta de amor, que lo obligó a escribir una respuesta igual de articulada y plagada de lugares comunes.

Por fin pudo volver a las valiosas imágenes de la presa que tanto lo había hecho enfadar. Se divirtió siguiendo sus curvas con el cursor, los detalles de su rostro, su cuerpo y su bolso. Jugó con el *zoom* hasta cansarse, frustrado por la evidencia de tener que buscarse otra víctima. Lo que lo convenció fue la ampliación de sus ojos oscuros. Hermosos pero sin sombra de sentimiento. Conocía bien esa mirada. Esa mujer nunca pediría piedad. Pensó que esa vez el azar lo había puesto en contacto con un mundo donde las mujeres se comportaban de manera anómala y no proporcionaban ninguna satisfacción.

Se preparó unos huevos y los comió sin apetito. Se tendió en la cama con un plano de Venecia para estudiar nuevos territorios de caza.

Lo interrumpió una llamada de Hilse.

—¿Cuándo vuelves? —le preguntó esta.

—Cuando termine de investigar sobre Galuppi.

—¿Qué nos está pasando, Abel?

Por suerte ya se había preparado la respuesta.

—El amor nos cogió por sorpresa, y la prisa de irnos a vivir juntos nos hizo olvidar la importancia de aclarar algunos elementos fundamentales de nuestra existencia. Como el deseo de tener un hijo.

—Yo no quiero renunciar —dijo ella decidida—. Y no estoy dispuesta a contentarme con un sucedáneo.

—Comprendo. Quieres vivir el embarazo, ser madre.

—La que no comprende soy yo —replicó triste—. Eres una persona tan sensible, tienes una capacidad extraordinaria para interpretar el talento artístico de los músicos, ¿y no estás dispuesto a hacer feliz a la mujer a la que has elegido amar?

El Turista entendió que era necesario interrumpir esa conversación, inútil y penosa. Se quedó callado hasta que su mujer lo instó a responder.

En tono grave dijo:

—Necesito tiempo, Hilse. No hago más que pensar en los dos, pero quiero tener las ideas claras, y la dificultad de mi trabajo sobre Galuppi no me ayuda.

—No, Abel. Déjate ya de jueguecitos. Te expones a perderme —amenazó gélida antes de colgar.

Nervioso, Cartagena se puso en pie de un salto y, delante del espejo, se puso a imitar a su mujer. Quizá de verdad debiera separarse e irse a vivir con Kiki, una mujer útil, manipulable, con un cerebrito incapaz de ideas peregrinas. El peligro era que el pasar del papel de amante clandestina al de esposa oficial se le subiera a la cabeza. Kiki estaba bien si no tenía muchas pretensiones, en caso contrario podía revelarse una bala perdida. El hecho era que no podía renunciar a una relación fija, una tapadera necesaria para un psicópata criminal que disfrutaba estrangulando a mujeres con bolsos hermosos.

Resopló. No quería hijos, y la idea de buscar otra esposa no lo atraía. Era un derroche de energía que lo distraería largo tiempo.

En ese momento, valorando las opciones, tomó en consideración la hipótesis de hacer feliz a Hilse. También porque, si las cosas se ponían feas, siempre podía seguir el ejemplo de su padre, el cual, al comprender que el joven Abel iba a traerle serios disgustos, se largó con su secretaria.

Cartagena pasó el resto de la velada viendo la televisión, sintonizada en un canal inglés. Después se lavó los dientes y se fue a dormir.

* * *

Se despertó de pronto y se incorporó en la cama. Percibió un ruido o quizá una sensación. Tenía la impresión de que no estaba solo. Escrutó la oscuridad absoluta del dormitorio, tratando de captar el menor sonido. El silencio, sin embargo, dominaba la habitación, lo único que no cuadraba era un olor persistente similar al del café, la vainilla y la pimienta.

«Perfume», pensó, alargando la mano en busca del interruptor de la lámpara.

Encendió la luz y entonces vio a la elegida en todo su esplendor, sentada en una silla en frente de la cama. Iba vestida de manera más cómoda y menos elegante, con pantalón y cazadora negros, y calzaba unas deportivas del mismo color. Sostenía en la mano una extraña pistola, semejante a las que utilizaban los personajes de *Star Wars,* pero el Turista sabía que se trataba de una táser eléctrica capaz de lanzar dos dardos que provocaban una descarga de alta tensión: con ese artilugio se podía dejar fuera de combate a cualquiera durante varios minutos.

Los psicópatas tienen escasa capacidad de experimentar reacciones emotivas tales como angustia y miedo. Por ello, Cartagena apenas se inmutó: el arma no era letal y no se sentía en peligro de muerte. Más que nada tenía curiosidad. No intentó fingir que no conocía a la mujer.

—Eras mucho más atractiva hace unas horas —fueron las primeras palabras que salieron de su boca.

Ella lo observaba con la misma atención.

—No termino de calarte —dijo con un delicioso acento francés—. Tienes el ordenador lleno de fotos mías sacadas hace cerca de seis meses, pero te comportas como un aficionado. Me has seguido y no he tardado nada en descubrirte, y por si fuera poco has dejado que te siguieran con vergonzosa facilidad. Has abandonado la zona, te has puesto a seguir a otra mujer, pero de repente has renunciado. Has regresado aquí sin preocuparte de comprobar si alguien te pisaba los talones. Y, por último, vives en un lugar no protegido: ni alarma, ni cámaras de vigilancia ni la clásica silla encajada bajo el picaporte. Llevo aquí más de media hora hurgando en tus cosas y no te has dado cuenta de nada.

—Me ha despertado tu perfume —reconoció él.

—¿Quién eres? ¿Para quién trabajas? Las clásicas preguntas del repertorio, vaya.

—No sé ni cómo te llamas —empezó a explicar el Turista—. He encontrado las fotos por casualidad y me has gustado. Mi interés por ti es puramente personal. Me gustas y quería conocerte. Nada más.

La elegida apretó el gatillo y, una décima de segundo después, él se retorcía en la cama, presa de espasmos incontrolables. Con mucha calma, ella se sacó una jeringuilla del bolsillo de la cazadora y le clavó la aguja en el hombro.

Abel pensó que había apagado la luz, pues la oscuridad más profunda invadió su mente.

Una bofetada le hizo recobrar el sentido. Intentó hablar, pero se dio cuenta de que tenía un trapo metido en la boca. Estaba atado de pies y manos a una silla, totalmente desnudo, y ella lo miraba, sentada en el borde de la cama.

—Necesito que me cuentes la verdad —le dijo sin perder la calma—. O si no, te haré daño. Serás un aficionado, pero todo el mundo sabe cómo funcionan estas cosas.

Cartagena estaba demasiado trastornado para pensar en una estrategia ganadora. Siempre se había considerado un as de la manipulación, pero era la primera vez que se encontraba en una situación tan difícil.

La elegida le quitó la mordaza.

—Te escucho.

Él titubeó y ella volvió a taparle la boca mientras le estrujaba los testículos, primero uno y después el otro, con una fuerza sobrehumana.

Se desmayó durante un tiempo que no acertó a calcular. El dolor en el bajo vientre era insoportable, pero logró recordar que también la agente belga tenía pasión por los golpes bajos.

La mujer se acercó, armada con una navaja, y le enseñó la hoja antes de clavársela despacio en el muslo hasta dos centímetros de profundidad.

—¿Vas a hablar?

Al dolor se añadía más dolor. Cartagena asintió decidido, por fin había entendido que la única manera de tratar de calmar a su torturadora era empezar a contarle la verdad.

—No hace falta que seas tan violenta —dijo tratando de recuperar deprisa su extraordinaria labia.

Ella volvió a coger el trapo y él se apresuró a seguir hablando.

—He encontrado una llave de memoria con tus fotos en el fondo de un bolso. Pertenecía a una mujer que quizá conozcas. En un primer momento pensó darme gato por liebre con un pasaporte falso, pero yo soy un tipo listo y he averiguado su verdadera identidad: Damienne Roussel.

—Mentira. Murió hace un par de años —replicó ella sacándose del interior de la cazadora una pequeña pistola con silenciador—. Cuéntame algo más convincente, no pienso quedarme aquí mucho tiempo.

Abel notó una imperceptible indecisión en la actitud de la mujer y comprendió que iba por buen camino para evitar ser torturado, pero no para salvar el pellejo. Para eso tendría que inventarse algo muy distinto.

—Es verdad, murió, pero hace un par de semanas. Lo sé porque la maté yo. Aquí en Venecia.

—Mira por dónde —se burló ella—. Don aficionado se ha cargado a una poli. Yo más bien creo que formas parte de ese grupo que ha eliminado a un par de amigos míos.

Lo miró fijamente. Sus ojos eran vacíos, peligrosos, pero empezaba a creer que quizá no todo fueran mentiras.

—Tengo la SIM de su móvil.

—¿Dónde está?

—En mi cartera.

Un par de minutos más tarde, la mujer metió la tarjeta en el móvil del Turista. Los correos y los mensajes le parecieron particularmente interesantes.

—No hay ninguna prueba de que fuera de la agente.

—Y viuda del juez Gaillard —recalcó Abel—. Asesinado por una pareja de sicarios. Apuesto a que la mujer eras precisamente tú, de otro modo ¿para qué se habría tomado tantas molestias en espiarte?

Ella no reaccionó.

—¿Y dónde se supone que la mataste?

—En una casa situada en la zona de la calle del Morion.

—No se ha denunciado ningún delito de ese tipo en los últimos meses.

—Prepárate para escuchar una historia rocambolesca: al cabo de unos días volví para entender por qué aún no habían descubierto el cadáver, pero la casa estaba vacía. No había ni cuerpo ni muebles.

—Tienes razón, es rocambolesca. No se la creería ni un niño —dijo en tono neutro—. Explícame por qué se supone que la mataste.

—Porque me apetecía. Ya te he dicho que no tengo nada que ver con vuestras historias de espías.

Por primera vez, la mujer no se preocupó de ocultar su curiosidad.

—¿Quién eres?

—Me llamo Abel Cartagena, soy musicólogo.

Ella metió la bala en el cañón. La pistola estaba lista para disparar.

—¿Quién eres?

Había llegado el momento de jugar la última carta, y el resultado era tan incierto que no perdía nada por intentarlo.

—Me llaman el Turista.

Ella se echó a reír.

—¿Eres un puto asesino en serie?

—No me gusta que me definan así.

Ella comprendió al fin.

—¡Y me seguías para matarme! —exclamó—. Te despisté y elegiste otra víctima, pero en un momento dado cambiaste de idea.

«Ahora me va a disparar», pensó él. Contar fragmentos de verdad había sido necesario para evitar sufrir.

En lugar de eso, la mujer lo dejó pasmado con una petición que nunca hubiera esperado oír:

—Demuéstrame que eres de verdad un famoso asesino de mujercitas.

La mujer no tenía ninguna empatía con las víctimas. No había mostrado ninguna emoción mientras lo torturaba. En ese momento Abel tuvo la certeza de que eran de la misma familia y de que tenía ante sí a una bellísima psicópata.

—¿Por qué debería hacerlo?

Ella le enseñó la navaja.

—Podrías ser un imitador, un fanfarrón, un gilipollas que quiere hacerme perder el tiempo.

Lo había leído en las memorias de un perfilador que había detenido a un par de asesinos en serie en Estados Unidos: «Una vez que un sospechoso empieza a hablar, ya no será capaz de controlar el interrogatorio». Tenía razón.

Cartagena suspiró resignado y le habló de los bolsos. Ese detalle nunca se había hecho público.

—No tengo otra manera de demostrarlo. Y tú no lo puedes comprobar.

La mujer salió del dormitorio para hacer una llamada. La oyó susurrar en una lengua que no conocía, quizá fuera árabe o español.

Después la oyó trajinar en la cocina. Al cabo de unos diez minutos volvió a aparecer en el quicio de la puerta saboreando un café a pequeños sorbos.

Abel lo estaba pasando verdaderamente mal. Tenía las muñecas y los tobillos anquilosados por los zunchos con los que lo había inmovilizado, el músculo del muslo lacerado y un dolor palpitante en los testículos. Pero no le daba miedo morir. Buscaría una escapatoria hasta el último segundo.

Ella recibió una llamada. Y después otra. Volvió a aparecer después de la tercera.

—Eres de verdad el Turista —anunció complacida—. He corrido el riesgo de convertirme en tu enésima víctima.

Presionó el pecho izquierdo contra el rostro de Cartagena.

—Oye cómo late de terror mi corazoncito —dijo con una vocecita que le resultó cargante.

—Para.

Pero ella siguió.

—¿Cómo pensabas matarme? ¿Me habrías estrangulado? ¿Y cómo es que no violas a tus víctimas, es que no te funciona el pajarito? —añadió apoderándose de su miembro y empezando a acariciarlo.

—¡Para! —gritó él.

Ella lo agarró de la barbilla.

—Eres un maníaco sexual, no mereces ningún respeto. Yo también mato, pero no para robarle el estuche de maquillaje a una señora.

Acto seguido lo amordazó.

—Hasta nunca, Turista —le susurró al oído—. Dejo Venecia. Ahora vendrán otros a ocuparse de ti.

Se marchó en silencio, como había venido. Abel no sabía qué pensar. Desvelar su verdadera identidad había sido una buena idea si esa cabrona aún no le había disparado, pero no alcanzaba a imaginar qué podían querer de él sus amigos.

El sol empezó a filtrarse por las rendijas de las viejas persianas. No le fue de ningún consuelo descubrir que había dejado de llover.

En el silencio opresivo del apartamento distinguió perfectamente el sonido de la llave en la cerradura de la puerta de entrada. Unos instantes después surgieron dos hombres. Parecían viajeros que acababan de llegar a la ciudad. El más viejo aparentaba unos sesenta años. Tenía el pelo y la barba bien cuidados, blancos como la nieve. Vestía un traje con chaleco y calzaba zapatos caros. Parecía un ejecutivo de alguna empresa importante, también por el elegante maletín que dejó con cuidado sobre la mesa. El otro, en cambio, era mucho más joven, y todo en él sugería violencia y brutalidad. No era muy alto ni muy corpulento. Tenía un aire de peso wélter rápido y eficaz. La expresión de su rostro era inquietante: una máscara esculpida en el mármol de una lápida. Vestía como la mujer que lo había visitado. Quizá fuera el uniforme de su maldito grupo de espías.

—Buenos días, señor Cartagena —dijo el presumido en un inglés culto, pero Abel estaba seguro de que era italiano—. Nuestra intención es desatarlo, curarle la herida del muslo y dejarle el tiempo de darse una ducha y beber algo caliente. Después nos gustaría que accediera a responder a unas cuantas preguntas. Obviamente, no le aconsejo reacciones imprevistas. Mi amigo está adiestrado para impedir que haga tonterías. Asienta si me ha entendido.

El Turista no lo dudó. Habría hecho cualquier cosa por abandonar la maldita silla. El energúmeno cortó los zunchos con un cuchillo de las fuerzas especiales y desinfectó y cerró con un par de puntos de sutura el trabajito de su compañera. Después lo ayudó a levantarse y a llegar hasta el baño, y se apoyó en la pared con los brazos cruzados para montar guardia mientras se aseaba.

Abel se resignó a su presencia y unos minutos más tarde estaba instalado en la cocina, tomándose un té. El de más edad se encontraba frente a él, escrutándolo con atención.

—Es usted un personaje de verdad interesante —dijo de repente—. Nacido en Colombia de padres suizos. Infancia transcurrida en Malta, seguida de una serie interminable de traslados: Inglaterra, Alemania, Holanda y, por fin, Dinamarca. En el registro de Barranquilla figura con el nombre de Titus Dietrich Fuchs, pero en un momento dado pasa a convertirse en Abel Cartagena.

—Qué empeño han puesto en conocerme —comentó el Turista.

—No ha sido difícil —replicó el hombre abriendo el maletín, del que sacó un polígrafo.

Durante la hora siguiente, Abel fue sometido a un interrogatorio tranquilo pero exhaustivo sobre su actividad de asesino en serie. El hombre de más edad leía las preguntas de una tableta. Otro, desde quién sabe dónde, las formulaba y se las enviaba por *e-mail*.

Después quiso que le narrara el homicidio de la agente de policía belga y comprobó las respuestas con la máquina de la verdad.

Cartagena estaba agotado, pero, pese a todo, le impusieron una versión tosca y rápida de una sesión de terapia psiquiátrica.

—¿Es usted un loquero? —preguntó.

—Soy muchas cosas —contestó el presumido de manera ambigua pero amable.

Unos minutos más tarde habían desmontado la máquina y estaban listos para dejar la casa.

—¿Y ahora qué? —preguntó Cartagena.

El hombre se abrochó la chaqueta.

—Creemos que puede sernos útil para nuestra organización —contestó—. Ahora lo sabemos todo de usted. Podemos hacer que lo detengan en cualquier momento o, en el caso de que tuviéramos ciertas diferencias, podemos eliminar fácilmente a su mujer o a su amante. O a usted mismo. Siga con sus investigaciones, ya nos pondremos en contacto. Y resista la tentación de matar, la víctima se la proporcionaremos nosotros.

CINCO

Pietro Sambo compró unos bollitos salados en una panadería de la calle del Ghetto Vecchio y se los fue comiendo mientras esperaba a Nello Caprioglio. Había llegado unos diez minutos antes, pero no podía evitarlo, siempre llegaba a las citas antes de tiempo.

Había discutido con Tullio, su hermano menor, que tenía una tienda de máscaras en el barrio de Dorsoduro.

Le había anunciado que iba a dejar de trabajar para él durante un tiempo, y su hermano se había enfadado porque ahora tendría que buscar un nuevo empleado sin que lo hubiera avisado con la antelación debida.

Pero sobre todo lo preocupaba que el hermano caído en desgracia pudiera tomar por segunda vez el camino equivocado, el que llevaba a la cárcel, a la primera plana de los periódicos y a ser la comidilla de toda la ciudad.

Tullio nunca se lo había echado en cara abiertamente, pero el escándalo de su hermano le había hecho sufrir mucho. Muestra de ello fue la frase que le dijo entre dientes cuando fue a visitarlo a la cárcel: «Menos mal que papá y mamá ya están muertos».

Pese a todo, lo había ayudado ofreciéndole ese trabajo. Pero solo se veían en la tienda, no lo invitaba nunca a su casa: probablemente Nicoletta, su mujer, se avergonzaba de ese estorbo de cuñado. Ni siquiera tomaban juntos un café o una copa en un bar.

Sambo siempre le había estado agradecido, pero ahora era para él un alivio no tener que ver a su hermano durante unos días.

Levantó la mirada y vio un instante a Caprioglio en lo alto de un puente. Reconoció los andares propios de las personas achaparradas y paticortas.

—Te costará mil euros más —declaró este de sopetón, sin saludarlo.

—¿Y eso por qué? —quiso saber el excomisario.

—Mis pesquisas han sido inútiles. No consta que tu hombre se haya alojado en ningún hotel, pensión o b&b de Venecia. Pero puede que lo haya reconocido el dueño de un restaurante de Campo Santa Maria Mater Domini.

—Y el dinero extra es para despejar esa duda.

—Tú lo has dicho.

—¿Es fiable?

—Yo diría que sí. También dos camareros se han mostrado bastante seguros.

—Excelente idea preguntar en bares y restaurantes —lo felicitó Sambo.

Nello se tocó la nariz carnosa.

—Tengo buen olfato de investigador —bromeó—. Si mi madre me hubiera parido con unos centímetros más, ahora sería general de *carabinieri* por méritos en el terreno.

Sambo se encaminó al restaurante, pero el otro no se movió del sitio.

—¿Qué pasa?

—¿Estás seguro de no querer contarme nada más? Podría serte útil.

—Gracias, pero de verdad que no puedo.

—Espero que no acabes metiéndote en líos otra vez.

El excomisario extendió los brazos en un gesto de impotencia.

—¿Más todavía?

*   *   *

73

Sandrino Tono, el dueño del Remieri, los hizo pasar y los invitó a almorzar. Casi todas las mesas estaban ocupadas, y no tenía tiempo de contestar a sus preguntas. Era un restaurante típico frecuentado por turistas, de menú a precio fijo y comida congelada, pero el cocinero, por respeto al hecho de que eran venecianos, preparó unos espaguetis con almejas no incluidos en la carta.

Por fin Sandrino se unió a ellos con una botella de amaro y tres copas.

—¿Tienes el dinero? —le preguntó a Nello en dialecto.

—Paga él —contestó este, señalando a Sambo.

Sandrino hizo una mueca.

—¿Es dinero del garito? A ver si los billetes van a estar marcados y luego me meto en un lío...

El exjefe de homicidios se tragó la pulla, sacó el fajo de billetes y lo dejó sobre la mesa.

—Llama a los camareros, quiero interrogarlos a ellos también.

El hombre se volvió hacia Nello.

—No ha perdido los modales de comisario —comentó con ironía—. Todavía emplea el verbo «interrogar».

Pietro resopló e hizo ademán de levantarse. Sandrino le apoyó la mano en el brazo.

—¡Madre mía, qué carácter! No se puede decir nada —dijo con una risita, mientras ordenaba con un gesto a los dos camareros que se acercaran.

Parecían más de fiar que su jefe. De unos cincuenta años y expresión curtida, llevaban zapatos cómodos y viejos, chaquetilla blanca y pajarita negra descolorida a fuerza de muchos lavados.

Caprioglio volvió a enseñarles la foto del desconocido de barba y ojos grises.

—Cenó aquí con una gorda al menos tres o cuatro veces hace un par de meses —dijo el dueño—. Lo recuerdo porque siempre pagó en metálico, por lo general suelen ser solo los rusos los que no pagan con tarjeta, pero estos dos hablaban alemán.

—¿Una mujer? ¿Están seguros? —preguntó Sambo extrañado. En el perfil del Turista elaborado por los investigadores no se mencionaba nada de que fuera acompañado en sus batidas de caza.

—Una ballena de ochenta kilos —confirmó malicioso uno de los camareros—. Pedía siempre *bigoli allo scoglio* y pescado frito, y cuando comía se anudaba la servilleta al cuello.

El otro camarero alargó la mano para coger la fotografía y observarla mejor.

—Pero tenía los ojos de otro color.

—¿Y tú desde cuándo te fijas tanto en los hombres? —preguntó Sandrino soltando una risotada.

El camarero se encogió de hombros, violento.

—Una vez lo ayudé a ponerse el abrigo y me dio veinte euros extra de propina. Por eso lo recuerdo —dijo para justificarse.

—¿Y de qué color eran sus ojos? —preguntó Pietro.

—Castaños, creo.

En su larga carrera como policía había aprendido que los testigos no solían ser fiables, reparaban en detalles inexistentes, pero aun así se inclinaba a no dar ya por sentado que el Turista tuviera los ojos grises.

«Si usa lentillas de colores y se afeita la barba, esta foto ya no sirve de nada», pensó preocupado.

Sambo le dio su número de móvil al dueño del restaurante.

—Si vuelven a verlos por aquí, juntos o por separado, llámenme enseguida.

—La tarifa sigue siendo la misma —le recordó Sandrino—. Esto no es una ONG.

El excomisario asintió y se sirvió otro chupito de licor antes de salir.

—Cuando aún tenía placa, los imbéciles como Tono no se atrevían a comportarse así conmigo —rezongó Pietro a media voz.

Nello no dijo nada, pero le apoyó una mano en el hombro y cambió de tema.

—¿Por qué ir varias veces al mismo restaurante si no quería llamar la atención? —preguntó—. Y además precisamente al Remieri, un sitio que no es caro pero donde se come fatal. ¿Tu hombre es un muerto de hambre?

—No —contestó Pietro—. Parece que no le falta el dinero. Eligió este restaurante porque pensaba que pasaría inadvertido. Aquí no hay lugareños ni clientes habituales.

—Le ha salido mal la jugada, entonces.

—Por culpa de la mujer, que se las apañó para llamar la atención —explicó el excomisario—. ¿Te apetece hacer otra batida en la zona para encontrarla?

—¿Sin una mísera foto?

—Tienes la del hombre.

—Te arriesgas a tirar el dinero.

—Si iban juntos a un restaurante, también habrán frecuentado tiendas y bares.

—De acuerdo. Pero estoy convencido de que tu hombre se hospeda en un alojamiento ilegal, porque si no habría dado con él. En Venecia habrá, por lo menos, un centenar.

—Yo también lo estoy, por eso es importante buscarlo en sitios públicos.

—Son otros tres mil, Pietro.

—Muy bien.

—Sigo preguntándome de dónde sacas el dinero —dijo—. Y no me vengas con que son tus ahorros. Podrías emplearlo en renovarte un poco el guardarropa, que pareces un desharrapado.

Sambo se despidió de Nello y se dirigió a su casa. Se detuvo en la puerta del edificio donde en tiempos se encontraba con Franca Leoni para hacer el amor. El apartamento era de una camarera de su restaurante, que lo alquilaba por horas.

Se fumó un pitillo mirando la ventana del dormitorio, modesto pero limpio. Las sábanas siempre olían a violeta. Allí había perdido el sentido de la mesura. No había entendido que no estaba hecho para jugar sin respetar las reglas. El desprecio y el descaro de Sandrino Tono lo habían herido en su orgullo.

El sentimiento de culpa era una herida abierta, y desde que había perdido la posibilidad de ejercer la autoridad en nombre de un bien común como la justicia, se sentía inferior, inadecuado. Se preguntó si de verdad era justo soportarlo siempre todo, si no existía un límite más allá del cual el sentimiento de culpa debía pasar a un segundo plano.

Pero no perdió tiempo en buscar respuestas. Dejó que los pensamientos tomaran y perdieran consistencia, como empujados por una brisa ligera. El día sería largo, y luego llegaría la noche.

El francés y el español estaban hoscos y bastante nerviosos. Habían despertado a Sambo para convocarlo a una reunión urgente en el bar de Ciodi.

—¿Qué ocurre? —preguntó Pietro, después de acercarse a su mesa y saludar a la viuda Gianesin, que se había apresurado a servirle una porción de tarta de manzana con crema pastelera.

—Cuando nuestra compañera fue asesinada, cerramos las líneas telefónicas y las cuentas de Internet que podían ser identificadas mediante la tarjeta SIM que obraba en su poder —explicó Mathis—. Esta noche, sin embargo, ha habido varios intentos de intrusión. Los hemos permitido, y al final lo han conseguido. Obviamente, no han encontrado nada.

—¿El Turista? —lo interrumpió el excomisario.

Mathis no contestó, pero siguió hablando.

—Aún hay más. Ghita Mrani, la agente marroquí a la que estábamos vigilando, ha desaparecido. Salió ayer por la mañana bajo la lluvia y no se la ha vuelto a ver.

—¿Y qué tiene que ver en todo esto el asesino en serie? —preguntó Pietro.

César encendió una tableta y le enseñó una fotografía. La habían sacado desde lo alto, y en ella se veía a un hombre de cerca de un metro ochenta de estatura, de complexión delgada. Iba vestido de oscuro y llevaba una mochila a la espalda. La tela de cuadritos de un paraguas plegable le ocultaba el rostro.

—Podría ser él —dijo el español—. Nuestra colega llevaba en el bolso una llave de memoria con una serie de imágenes de la mujer entrando y saliendo de su casa. Volvía de Nápoles tras obtener confirmación de la identificación.

—Yo estaba de guardia, lo vi con mis propios ojos —intervino Mathis—. Llegó este tipo, miró a su alrededor de manera sospechosa y luego se marchó. La marroquí desapareció un par de horas más tarde. No puede ser una coincidencia.

—El Turista ha entrado en contacto con esos criminales y les ha vendido la información, o bien trabaja para ellos —sentenció César.

Sambo se pasó la mano por la cara despacio. Lo hacía cada vez que recibía malas noticias.

—Eso no cuadra con su perfil.

—No hay otra explicación —replicó el francés.

El exjefe de homicidios no estaba tan seguro. La foto no servía para identificarlo. Cuando se ocupaba él de las investigaciones, buscaba pruebas mucho más sólidas.

—Puede que sí la haya.

—No —se opuso Mathis, perdiendo la paciencia—. Nuestros enemigos se han apoderado de la información que nuestra amiga llevaba encima. El único que podía dársela era el Turista.

—El perjuicio para nuestras investigaciones es enorme —añadió el español—. Les hemos perdido el rastro, pero sobre todo ahora saben que estamos aquí en Venecia, y harán lo que sea para dar con nosotros. Y eliminarnos.

—Estamos en peligro —aclaró el francés—. Y tú también lo estarás si sigues colaborando con nosotros.

—De eso nada —exclamó Sambo levantándose—. Lo dije bien claro: no quiero tener nada que ver con vuestras guerras secretas.

César asintió.

—Lo entiendo.

—¿Y el Turista? —preguntó Mathis.

A Pietro le hubiera gustado contestar que seguiría con sus pesquisas, pero en ese momento solo quería alejarse de una historia que le venía grande ahora que era un expolicía expulsado del cuerpo. No dijo nada y salió del local tras despedirse de la viuda con el beso de costumbre.

César y Mathis pagaron la cuenta y se dirigieron a la pensión Ada, desde cuyas ventanas habían tenido bajo control a la bella y despiadada Ghita Mrani. Era urgente desmantelar el puesto de vigilancia.

Estaban desalentados. El nuevo equipo de apoyo aún tardaría una semana en llegar a Venecia. Sus adversarios tenían un plan, llevaban meses estableciendo una base de operaciones. Pronto estarían preparados para actuar, mientras que ellos tendrían que volver a empezar de cero. La marroquí ya estaría lejos, ocupada en otra misión, y no tenían ni idea de quién podría sustituirla.

El francés llamó a su contacto local para ponerlo al corriente de los últimos acontecimientos: convinieron verse esa misma noche.

Sol y turistas. Los dos agentes parecían dos viejos amigos visitando la hermosa ciudad. Caminaban despacio, se paraban a observar un palacio o a admirar un escorzo. En realidad se trataba de técnicas antiseguimiento, pero nadie se habría dado cuenta.

Durante el trayecto sustituyeron las tarjetas SIM de sus móviles, los números importantes se los sabían de memoria. También el de Pietro Sambo.

Cuando llegaron al hotelito, se quedaron charlando un momento con la anciana que había pasado buena parte de su vida detrás del mostrador de la recepción. Le informaron de que dejarían la habitación y ella suspiró resignada, cogiendo del gancho la llave de la número ocho. Cada vez era más raro contar con huéspedes que se alojaran durante largas estancias. Ahora la gente llegaba y se marchaba casi enseguida, pensando haber visto y entendido todo de la ciudad. Pero Venecia era como una señora de cierta edad que aún conserva mucho atractivo y muestra solo el rostro embellecido, pero para conquistarla es necesario cortejarla mucho tiempo y conocer todos sus secretos.

A la anciana, distraída por la conversación, no se le ocurrió contarles la novedad del día: un equipo de rodaje había alquilado la habitación número nueve para filmar una escena en la calle de abajo, y no habían reparado en gastos.

El francés y el español entraron en el ascensor, única nota de modernidad en la historia de la pensión Ada. El primero en entrar en la habitación fue Mathis. Reparó en la oscuridad, y pensó que la camarera habría cerrado los postigos. Alargó la mano para encender la luz, pero el interruptor no funcionó. Era la primera vez que ocurría. En esa fracción de segundo, César ya había puesto un pie en la habitación. Notaron presencias extrañas. Un olor acre a sudor y ese otro, inconfundible, a lubricante de armas. El español agarró a su compañero del hombro para arrastrarlo fuera, consiguió incluso darse la vuelta y aferrar con la otra mano el picaporte, pero justo en ese momento les alcanzaron balas de fragmentación de pequeño calibre, disparadas a quemarropa por pistolas con silenciador. Los dos matones apuntaron al abdomen y al tórax, para que las balas quedaran atrapadas en sus cuerpos. Querían evitar tener que limpiar rastros de sangre demasiado evidentes sobre las paredes y el suelo. En la jerga del oficio, a eso se lo llamaba «efecto cine». A veces convenía, cuando los cadáveres servían para enviar un mensaje alto y claro. Si, en cambio, los muertos debían desaparecer, era necesario actuar con la máxima cautela.

Uno de los sicarios volvió a enroscar la bombilla, que iluminó la escena con una luz tenue y triste. La emboscada la habían tendido los mismos que habían ido a visitar al Turista. El más viejo, de barba y cabello blancos, se agachó y empezó a registrar a Mathis. Después se ocuparía del español. Mientras tanto, el otro abrió la puerta para que entraran otros tres hombres, jóvenes, robustos, de rostro impenetrable. Se les parecían. Tenían un aire de militares fuera de servicio. Mientras uno rociaba con lejía las escasas manchas de sangre, los otros dos metieron los cuerpos en dos baúles montados ya en carritos. Era uno de los métodos más usados en Venecia para transportar mercancía, no llamarían la atención. Una barca los esperaba no muy lejos. El francés y el español acabarían en el fondo de la laguna para siempre.

El hombre que se había hecho pasar por el productor ejecutivo de la película se detuvo a pagar la cuenta de la habitación mientras los demás sacaban los baúles.

La dueña estaba preocupada por que hubieran acabado tan pronto de rodar, pero le pagaron la semana entera.

—Ha sido un verdadero placer —dijo el señor tan amable y elegante, estrechándole la mano—. Si pudiera evitar hacer pública nuestra presencia en su bonita pensión… El director quiere mantener en secreto las localizaciones de la película hasta que se anuncie el estreno.

Pietro Sambo no sabía qué hacer, sentía ganas de romper cada mísero objeto de su apartamento, donde se había encerrado después de separarse de Mathis y César. No podía permitir que una banda de asesinos se enseñorease de su Venecia. Y tampoco era capaz de dominar la curiosidad del investigador, que quería encontrar a toda costa una explicación a esa extraña alianza entre el Turista y exagentes secretos a sueldo de las mafias internacionales.

Cuando oyó el timbre, no tenía duda de que se trataba del español y el francés. Fue a abrir la puerta, contento de encontrar una distracción a los pensamientos que lo preocupaban, pero cuando reconoció a la mujer que tenía enfrente, la sorpresa fue tal que se quedó inmóvil y sin habla. Ella esperó unos instantes y después lo apartó con delicadeza y entró en la casa. Se fue directa a una de las butacas del salón donde solía acomodarse cuando frecuentaba a Pietro y a su familia.

Él la siguió, pero se quedó a unos metros de distancia para observarla mejor. Seguía igual de guapa y elegante. Nunca le había faltado el dinero; su padre, un preboste de la ciudad de Bari, le había garantizado desahogo en todas las etapas de su vida. Después de graduarse en Derecho, había rechazado el éxito seguro del prestigioso bufete paterno y había entrado en la policía, que se había convertido en su pasión, su razón de vivir. Era poli hasta la médula. Se había casado con el cuerpo, no había sido capaz de construir nada fuera de su profesión. Hacer carrera había sido para ella tan natural como respirar.

En los tiempos del escándalo había acosado al comisario Sambo de todas las formas posibles, se había mostrado implacable, hasta el punto de que varios colegas le habían aconsejado que se refrenara.

También esa tarde, la subjefa adjunta Tiziana Basile tenía una belleza que quitaba el hipo, el traje sastre le sentaba de maravilla, pero su rostro reflejaba tensión. Pietro no recordaba haberla visto nunca tan agobiada y preocupada.

—Tengo que hablar contigo —dijo la mujer.

—Me había imaginado que eras tú el referente de los dos agentes. Te traicionó el dulce que les diste para que me lo trajeran de postre —replicó con tono amargo el excomisario de la brigada de homicidios—. Pero nunca hubiera imaginado que vendrías aquí, a la casa del policía corrupto al que tanto empeño pusiste en destruir.

—Tú te lo buscaste —dijo ella entre dientes, con el mismo tono de entonces—. Mandaste al garete una carrera brillante solo para tirarte a una antigua novia y aceptar sobornos del marido cornudo para proteger un garito.

—Cometí un error —se defendió Pietro—. Pero no fue tan grave, solo ocurrió una vez, y, de haber podido, habría hecho cualquier cosa por remediarlo.

—Eras el mejor —lo interrumpió ella—. Y precisamente por eso no podías aspirar al perdón. Tenías que servir de ejemplo.

—Y tú te ofreciste voluntaria para esa misión. La cumpliste a la perfección.

Tiziana se levantó y se le acercó.

—Fue doloroso, Pietro. Nunca en mi vida había sufrido tanto.

—Cállate, eres patética. Recuerdo perfectamente tus entrevistas por televisión.

La bofetada llegó de improviso, fuerte y rápida. Sambo se llevó la mano a la mejilla, incrédulo.

—Jamás vuelvas a permitirte...

Ella trató de volver a pegarle. Esta vez él le aferró la muñeca.

—¡Lárgate!

Pero Tiziana dijo algo que lo golpeó a traición.

—Siempre he estado enamorada de ti —susurró—. Nunca permití que se me notara por respeto a tu mujer y a tu hija, pero no pude soportar haberme enamorado de un vendido.

Sambo se quedó sin habla. Nunca había sospechado que pudiera gustarle. Se sentía tan violento y turbado que apartó la mirada.

La subjefa volvió a sentarse.

—Perdona —dijo—. No se repetirá. Es solo que estoy tan preocupada por César y Mathis...

—Los he visto esta mañana.

—Y yo tenía una cita con ellos hace una hora, pero no han acudido.

—Habrán tenido un contratiempo.

—No, ha ocurrido algo grave —replicó convencida—. Habíamos acordado enviarnos SMS con mensajes distintos según la situación que pudiera surgir. No he recibido nada.

—¿Piensas que los han descubierto sus enemigos?

—Pienso que están muertos, Pietro —contestó ella, gélida y crispada—. Y «sus» enemigos son también los míos, y también deberían ser los tuyos.

—Olvidas que ya no soy policía.

—Me han contado tus dudas, tus quejas. En vez de volver a ser el que eras, te has convertido en un pusilánime. Pensaba que participar en la investigación del homicidio de nuestra compañera te ayudaría a recomponerte, pero en lugar de eso nos vienes con lloriqueos.

Pietro no daba crédito a lo que oía.

—No se te ha quitado la costumbre de dar lecciones.

Tiziana suspiró.

—Ya es hora de que entiendas que el pasado no se puede arreglar y que tienes que pensar en el presente y en el futuro. El deber puede tener formas distintas, incluso secretas. Aprovecha esta oportunidad, Pietro.

—Puedo volver a ser policía pero no públicamente, así, para el resto del mundo seguiré siendo Pietro Sambo, el jefe de la brigada de homicidios que se embolsaba sobornos.

—Y que se acostaba con una mujer implicada en negocios ilegales —subrayó de nuevo la subjefa—. El sexo también era una forma de pagar tu protección.

—Eso no es verdad.

—Es lo que dijo la «señora».

—Mintió. Ya sabes cómo funcionan estas cosas.

Tiziana Basile conocía la casa. Fue a la cocina y se sirvió una copa de vino blanco bien frío.

—Tu nevera está casi peor que la mía —dijo cambiando de tono—. Bienvenido al mundo de los solteros.

A Pietro le habría gustado recordarle lo mucho que había contribuido ella a convencer a Isabella de abandonarlo. Pero se limitó a preguntarle si había cenado.

—Todavía no.

Pan, embutido y encurtidos. Su abuela le había enseñado que ninguna de esas tres cosas debía faltar nunca en una casa acogedora. Tiziana comió con apetito, lanzándole miradas que él no alcanzaba a interpretar. Tenían aún muchas cosas que decirse, era la primera vez que se veían después del escándalo, pero había algo más urgente que afrontar.

—Explícame cómo has ido a parar a esta historia de espías —le dijo Pietro.

—Se pusieron en contacto conmigo hace dos años —empezó a explicar ella—. Se trata de una estructura temporal de ámbito europeo, formada por voluntarios, con el objetivo de destruir a una organización de exagentes transformados en asesinos a sueldo.

—Eso ya lo sé.

—No puedo contarte más si no te dejas reclutar.

—¿Y tú tienes autoridad para ello?

—Sí.

Sambo reflexionó. En toda su vida jamás le había pedido nada a nadie, había conseguido éxito y gratificaciones profesionales trabajando duro.

—Si hago méritos, quiero que me sean reconocidos públicamente.

—Estamos librando una guerra clandestina, Pietro —replicó Tiziana—. No podemos hacer público que hombres y mujeres de los servicios de inteligencia de varios países se han pasado al bando de las mafias.

Pero Pietro no tenía la más mínima intención de ceder sobre ese punto.

—Estoy seguro de que encontraréis la manera. Es una condición innegociable.

—Tengo que hacer una llamada.

—Te dejo hablar a solas —dijo el excomisario.

Unos minutos después, ella salió de la cocina y se reunió con él en el salón.

—De acuerdo. Recuperarás tu reputación, pero tendrás que estar operativo a todos los efectos. ¿Aceptas?

—Sí —contestó con solemnidad. Siempre había sido un hombre de palabra, y cumpliría aquello para lo que se había comprometido—. Obviamente, no puedo contar con un acuerdo por escrito.

—Tienes que confiar.

—¿En los servicios secretos?

—En mí.

—¿Y si fracasa la operación?

—Seguirás siendo Pietro Sambo, el excomisario corrupto —contestó ella en tono neutro señalándole el sofá—. Y, ahora, siéntate, tengo que ponerte al tanto de todo.

Mientras investigaba en 2011 un caso de tráfico de heroína, el juez del tribunal de Limoges, Pascal Gaillard, había descubierto que la mafia ucraniana distribuía la droga que le proporcionaba la mafia turca. Había llamado su atención la implicación de varios miembros de una organización de extrema derecha con base en Kiev y de fundamentalistas islámicos vinculados con el Daesh. Unos meses más tarde, con el respaldo de las pesquisas de su esposa, Damienne Roussel, jefe de la brigada de estupefacientes, Gaillard ya no tenía dudas de que los beneficios obtenidos con la venta de la droga servían para financiar una alianza nazi-islámica activa en el movimiento ucraniano que fomentaba la independencia de Rusia.

El juez había solicitado medios y personal para ampliar el radio de acción de las investigaciones. Una semana después, había sido asesinado delante de su casa por un hombre y una mujer que lo habían acribillado a balazos.

Gracias a la valiosa información de un infiltrado del SBU, los servicios de seguridad ucranianos, habían identificado a uno de los sicarios, Manos Lakovidis, exagente operativo del EYP griego. Constaba oficialmente como desaparecido en misión, pero en realidad había desertado.

Siguiendo esa pista, la viuda de Gaillard había reconstruido las historias personales de otros miembros de estructuras de inteligencia que habían elegido abandonar el servicio sin presentar su dimisión.

Los franceses la habían ayudado a dar caza a Lakovidis, que había sido capturado en Barcelona. A cambio de salvar la vida, el asesino había revelado la identidad de su cómplice, Ghita Mrani, así como la existencia de una organización clandestina de «colegas» a sueldo de las mafias. La había creado Martha Duque Estrada, exresponsable de las operaciones europeas de la Agência Brasileira de Inteligência. Ofrecían sus servicios bajo el nombre de Profesionales Autónomos.

El Gobierno brasileño se había negado a proporcionar información sobre los motivos de su defección, se había limitado a dejar claro que no se oponía a su eliminación.

Los servicios europeos habían convenido hacerse eco de la indicación de Río de Janeiro y de ajusticiar a la mujer y a todos sus cómplices.

—¿Y la mujer asesinada por el Turista? —preguntó Pietro.

—Era Damienne Roussel, viuda del juez y jefa de la estructura. Una pérdida enorme.

—¿También hay italianos a los que «abatir»?

—Uno solo: se llama Andrea Macheda, uno de la vieja guardia. Fue alejado del servicio por estar demasiado implicado en la gestión «desviada» de fondos y se enroló en la banda de los sicarios —contó Tiziana pasando revista al archivo fotográfico de su móvil hasta encontrar la foto que buscaba—. Este vídeo en el que aparece lo tomó una cámara de vigilancia del aeropuerto cuando desembarcaba de un vuelo procedente de Varsovia.

Pietro observó la imagen de un hombre alto y delgado, de porte elegante y barba y cabello blancos, obra de un peluquero caro.

—Deduzco que se encuentra en Venecia.

—Estoy segura de ello.

—¿Y estás dispuesta a matarlo?

—Estos años me ha tocado disparar alguna vez, pero nunca he alcanzado a nadie —contestó ella—. Sin embargo, si me lo encontrara de frente, no vacilaría.

A Sambo no le cabía la menor duda.

—¿Y cuál es el próximo paso?

—Hemos de tomar el control de la base de Sacca Fisola. De ahora en adelante, nos ocuparemos nosotros.

—Pero si los «otros» han eliminado a Mathis y César, eso significa que los han seguido. Puede que ya la hayan descubierto.

—Es un riesgo que debemos asumir —dijo la subjefa sacando del bolso una pistola y dos cargadores.

Pietro sopesó el arma. Hacía tiempo que no tocaba una. Nunca le habían gustado pero, a diferencia de Tiziana, él sí había matado. Dos veces. La primera, a un sicario serbio que se había negado a rendirse y, tras una larga persecución, se había bajado del coche y se había enfrentado a los agentes. Y la segunda, a un tipo insignificante atrincherado en un apartamento de Mestre tras matar a su mujer enferma terminal de cáncer y a su hijo minusválido. Pietro lo había convencido para que lo dejara entrar, y, tras unos minutos de charla inútil, el hombre lo había apuntado con una escopeta de caza, obligándolo a apretar el gatillo. La escopeta estaba descargada, y Sambo lo suponía. Pero ciertas situaciones es mejor cortarlas por lo sano.

—Tengo licencia de armas, ¿verdad?

La subjefa resopló.

—Eres intocable —contestó. Y luego añadió—: Más o menos.
—Pero él prefirió no insistir.

Cuando salieron de casa, Tiziana se dirigió al canal más cercano, donde los esperaba un taxi. Al montar, Sambo reconoció al conductor: era el exinspector Simone Ferrari. Un día, de buenas a primeras, había presentado su dimisión, y todo el mundo se había preguntado por qué, dada su valía. A Pietro nunca se le pasó por la cabeza la idea de que se hubiera enrolado en el servicio secreto.

Se saludaron con un rápido apretón de manos. Ferrari encendió el motor y aceleró. Pietro se fijó en que, junto al volante, el hombre tenía una ametralladora, un detalle que le confirmó el papel operativo de su antiguo compañero.

Desierta y silenciosa, a esa hora de la noche Venecia era una ciudad encantadora. Lástima que no fuera la situación más idónea para disfrutar del trayecto. Sambo notaba el peso de la pistola en la cintura. Podía suceder cualquier cosa, y él no estaba seguro de estar preparado. Pero si ese era el único camino para recuperar una pizca de dignidad, lo recorrería hasta el final.

Atracaron en Canale dei Lavraneri, a doscientos metros del edificio. Ferrari se quedó montando guardia y Sambo y Tiziana echaron a andar de la mano, como una pareja de vuelta a casa tras una cena romántica. A unos treinta metros del portal, ella se detuvo de pronto.

—Bésame —susurró—. Si alguien nos observa, tenemos que parecer creíbles.

Se abrazaron y aprovecharon para echar una última ojeada. El lugar parecía de verdad desierto. La única sorpresa podía aguardarlos una vez dentro de la casa. Si el francés y el español habían acabado en manos de sus adversarios, quizá les hubieran interrogado sobre las llaves que llevaban encima.

Un par de minutos después, el excomisario acercó el oído a la puerta. No les llegaba ningún sonido desde el interior y se decidieron a abrir. La oscuridad absoluta en la que estaba sumido el apartamento resultaba amenazadora. Tiziana la quebró con la luz color hielo de una linterna. Entraron, apuntando con las pistolas, conscientes de que sus probabilidades de salir con vida, si habían de enfrentarse a asesinos expertos y adiestrados por las fuerzas especiales, eran más bien escasas.

Por suerte no había nadie. Cuando Pietro se hubo asegurado de ello, encendió la luz del pasillo.

Les bastó una rápida ojeada para confirmar que la base seguía operativa. El dispositivo estaba intacto. A Sambo le impresionó la cantidad de armas, equipamiento electrónico, documentos y medios a disposición de esa misión.

—Falta el equipo fotográfico —murmuró pensativa la subjefa.

—¿Y qué pasa por eso?

—Cuando me llamaron, iban camino de la pensión Ada a recuperarlo. Desde la ventana de la habitación vigilaban el edificio en el que vivía Ghita Mrani —le explicó—. Deben de haberlos capturado allí o cerca de allí.

—Mañana por la mañana iré a echar un vistazo —dijo Pietro tomando la iniciativa por primera vez.

Ella lo miró y asintió satisfecha.

—Por fin has vuelto al servicio.

—¿Con qué nombres se habían registrado?

—Ferrand y Aguirre.

Sambo se fijó en que las dos camas de matrimonio nunca se habían utilizado y no había ropa en los armarios. César y Mathis no vivían en ese apartamento.

La subjefa lo informó de que tenían otro más apartado, situado en el barrio de la Giudecca, pero a ese no se acercarían. Era demasiado peligroso, y de poco serviría.

—Haré que cambien las cerraduras —anunció Pietro—. Conozco a un cerrajero que me debe muchos favores y que mantendrá la boca cerrada.

La mujer le pasó un móvil sin estrenar al que envió un sms con un número de teléfono.

—Nos comunicaremos mediante estos dispositivos exclusivamente. Y los cambiaremos todas las semanas.

Después Tiziana se acercó a él.

—Antes, cuando nos hemos besado, no te he encontrado a la altura. Quizá necesites un poco de práctica.

Le lamió los labios antes de introducir la lengua en su boca. Pietro no mostró mucho entusiasmo, pero la mujer no se rindió y empezó a desabrocharle el cinturón. Él la dejó hacer hasta que ella tuvo entre las manos su miembro en erección.

—¿No te parece inconveniente, subjefa? Dos compañeros, en mitad de un operativo...

—Aquí las reglas las ponemos nosotros —replicó ella, acariciándolo.

—Nunca podré perdonarte, Tiziana.

—Pues entonces fóllame hasta hacerme daño.

—No tengo ganas.

—¿Y eso por qué? —le preguntó ella apartándose.

—Ya te lo he dicho: no puedo olvidar lo que me hiciste, y además nunca me ha gustado recurrir al sexo para descargar la tensión del trabajo.

La subjefa se limitó a encogerse de hombros y se dirigió a la puerta. Pietro estaba seguro de que esa escena nunca volvería a repetirse. Se sentía incómodo. Había pasado un tiempo que se le antojaba infinito desde la última vez que se había acostado con una mujer, pero la subjefa Basile era la última en el mundo con la que habría querido compartir un rato de placer.

Además estaba decepcionado. Su actitud le había parecido poco profesional. Y no le gustó que hubiera tocado con la mano su fragilidad evidente. Esa soledad que ostentaba para inmolarse en el altar del deber al final le había pasado factura.

Se quedó aún cerca de una hora en el apartamento para tratar de entender cómo funcionaban los dos agentes que Tiziana daba por muertos.

«Yo no acabaré como ellos», pensó mientras regulaba el tirante de una funda axilar de última generación.

A la mañana siguiente, antes de ir a desayunar al bar, se miró al espejo para comprobar que no se le notaba el bulto del arma. Añoraba su placa, pero en su nuevo mundo no era necesaria.

Otro hermoso día. Venecia se calentaba al sol como una anciana en la playa del Lido.

Encontró a la viuda Gianesin de mal humor. Estaba furiosa con los grandes barcos de cruceros que profanaban el Gran Canal. Los llamaba «los monstruos». Como tantos venecianos, tendría que resignarse: en la ciudad imponían su ley industriales y especuladores que solo pensaban en sacar provecho. Venecia era un monumento que daba mucho dinero, y poco importaba si caía presa del peor turismo.

Mientras saboreaba una porción de tarta de guindas, se deleitó con los sabrosos improperios de la dueña del local, en puro dialecto véneto, y después se despidió de ella con el beso de costumbre.

En las inmediaciones de la pensión Ada extremó la cautela. Empezó a observar a la gente, los escaparates y las ventanas. Se conocía cada metro como la palma de la mano, y el instinto le decía que no corría ningún peligro.

La anciana propietaria le lanzó una mirada perpleja. Se había dado cuenta enseguida de que no se trataba de un nuevo cliente, pues no cargaba con ninguna bolsa de viaje ni arrastraba maletas de ruedas. Al cabo de unos segundos lo reconoció.

—¿Qué desea? —le preguntó recelosa.

—Estoy buscando a los señores Ferrand y Aguirre.

—Han dejado el hotel.

—¿Cuándo?

—Tendría que consultar el registro, pero usted ya no tiene autoridad para obligarme a hacerlo.

Pietro sonrió.

—Tiene razón, señora. En realidad se lo estoy pidiendo como un favor.

—Que yo por desgracia no puedo satisfacer.

El excomisario llamó a la subjefa Basile y luego le pasó el móvil a la señora, que palideció al cabo de unos segundos.

Era obvio que las palabras de Tiziana debieron de ser convincentes, pues de repente la dueña de la pensión mostró ganas de colaborar.

Así, Pietro se enteró de que los dos hombres habían dejado la habitación el mismo día en que habían desaparecido.

—No les ha hecho usted factura —dijo Sambo.

—Pagaron por adelantado, y además no los vi salir —se justificó ella—. Esa mañana hubo jaleo porque vino un equipo cinematográfico a rodar unas escenas en la habitación contigua a la de los señores a los que busca. Pero me extrañó que no se despidieran, con lo amables que eran.

—¿Un equipo de rodaje?

—Sí, el productor me insistió en que no lo dijera por ahí porque el director no quiere que se sepa nada antes del estreno de la película. Pero me ha prometido que el nombre de la pensión aparecerá en los créditos.

—¿Podría describírmelo?

—Un señor apuesto y elegante, con el cabello y la barba blancos.

«Andrea Macheda», pensó el excomisario alargando la mano.

—Las llaves de las dos habitaciones.

—Por suerte siguen libres —comentó la dueña al entregárselas.

La número 9, ocupada por los supuestos técnicos de rodaje, no reveló nada. Mientras que la número 8, que César y Mathis utilizaban para tener vigilada a Ghita Mrani, conservaba un intenso olor a lejía, concentrado en la zona de la puerta. Podía engañar a cualquiera, pero no al exjefe de la brigada de homicidios. Alguien había borrado restos de sangre. Sambo observó el suelo y las paredes, y justo detrás de la jamba reparó en un rastro parduzco. El color era incierto, pero la forma era inequívoca: una salpicadura de sangre.

«Los mataron aquí», pensó abatido y muy preocupado. Los Profesionales Autónomos demostraban ser muy capaces y peligrosos.

Cuando le devolvió las llaves, la dueña de la pensión le pidió que le contara a la subjefa Basile que había colaborado y que no hacía falta mostrarse tan amenazadora y desagradable.

El excomisario apenas la escuchó. Estaba pensando en el siguiente paso. Además de al Turista y a la mujer que lo acompañaba, también tenían que dar caza a Andrea Macheda, el exagente de los servicios secretos italianos.

Llamó a Nello Caprioglio.

—Tengo otro encargo para ti.

SEIS

Abel estaba desayunando cuando oyó abrirse la puerta y pensó que sus nuevos amigos no tenían la costumbre de anunciar su llegada ni de llamar al timbre siquiera.

El dolor de las torturas ya se le había pasado, pero no se sentía mejor. Estaba enfadado, furioso incluso, por cómo lo habían tratado, pero sobre todo porque desde hacía días vivía en un estado de incertidumbre al que no estaba acostumbrado.

Aún no tenía claro quiénes eran esos tipos, y la frase sibilina que había pronunciado el presumido que lo había interrogado —«… resista la tentación de matar, la víctima se la proporcionaremos nosotros»— seguía rondándole el pensamiento.

Él no actuaba a las órdenes de nadie. Y era un solitario. Pese a todo, el azar, el gran amo del universo, lo había puesto en esa situación, y tenía que encontrar la manera de salir de ella o de utilizarla en su provecho.

Esa mañana se había masturbado pasando revista a sus víctimas y se había detenido un poco en la mujer que lo había torturado. Tenía planes para ella, pero también sabía que encontrarla sería bastante difícil.

En el umbral aparecieron los dos tipos de costumbre. El de la barba y el cabello blancos llevaba una gorra de algodón del mismo color y, al cuello, un pañuelo de Tommy Hilfiger. Con su traje azul, parecía recién salido de un hotel de lujo. El otro, en cambio, iba vestido siempre igual, quizá nunca se cambiara de ropa.

—Buenos días, señor Cartagena —lo saludó el primero. Su socio guardó silencio, como de costumbre.

—¿Tiene usted nombre? —preguntó el Turista.

—Puede usted llamarme Abernathy.

—¿Y su amigo?

—Él es Norman.

—¿Acaba de inventárselos?

—Anoche. Los he sacado de una serie de televisión que me gusta mucho. Los nombres son útiles para comunicarse, y nosotros tenemos que empezar a relacionarnos en modo orgánico.

Abel se encogió de hombros y siguió tomándose sus tostadas con mantequilla y mermelada.

El presumido no dejó de observarlo ni un momento. Abel se dejó observar. Estaba seguro de que empezaría a hablar tarde o temprano.

—Hoy lo acompañará una agente a todas partes —lo informó Abernathy—. Ella también es una psicópata criminal, por lo que suponemos que trabajarán bien juntos.

El Turista se rebeló.

—No me gusta ser definido así.

Norman soltó una risita satisfecha mientras el otro fingía desconcierto.

—No se ofenda. En nuestro mundillo, los psicópatas gozan de una gran consideración, son los asesinos perfectos, en los interrogatorios producen resultados de lo más inesperado y son los mejores a la hora de dirigir las cárceles secretas de máxima seguridad.

Abel quería cambiar de tema a toda costa.

—De acuerdo, trabajaré para ustedes, pero ¿al menos tendría la amabilidad de explicarme para qué Gobierno?

—Nosotros no tenemos jefes, por eso nos hacemos llamar los Profesionales Autónomos —se decidió por fin a aclarar Abernathy—. Hemos servido a Estados y reinos, hemos contribuido a impedir que manejen este planeta hombres corruptos y malvados que fingen representar democracias. A menudo psicópatas como usted mismo, señor Cartagena. Pero nos cansamos de ser sacrificados en nombre de ideales inexistentes o, peor aún, de una enorme hipocresía llamada razón de Estado, y nos establecimos por nuestra cuenta.

El Turista estaba seguro de que el hombre se estaba burlando de él con ese discurso pomposo, pero decidió seguirle el juego.

—¿Y de qué se ocupan ustedes?

—Ofrecemos consultoría, servicios y personal —contestó con una sonrisa—. Sé que usted ahora no alcanza a comprender, pero, en este momento histórico, el crimen organizado está asumiendo un peso social, político y económico cada vez más importante. Paga mejor, y las relaciones laborales se rigen por una mayor honradez.

—Me tomas el pelo —le soltó Abel.

—No. Solo quiero ser extremadamente claro para evitar malentendidos.

—Yo no soy un agente adiestrado, ¿para qué necesitáis a alguien como yo?

—No se subestime. Su historia personal demuestra que es capaz de mimetizarse perfectamente en la sociedad. Nadie sospecharía nunca que es usted el Turista.

—Exactamente. Yo soy el Turista —replicó Abel exasperado—. No puedo ser otra cosa.

—Se sorprenderá de las dotes que aún no ha desarrollado —dijo Abernathy—. Es usted alguien insensible, no experimenta empatía, remordimientos ni sentimiento de culpa. Es el rey del embuste y la manipulación. Si no hubiera tomado el camino del homicidio, podría haber aspirado a dirigir una gran empresa. ¿Dónde cree que van a buscar las multinacionales a los cortacabezas? Nosotros le ofrecemos un futuro en una rama en la que usted es ya un buen profesional. Lo protegeremos y le pagaremos bien.

—Y, si no, me eliminarán.

—Son las reglas del juego, pero, si las respeta, podrá seguir publicando sus libros y viviendo con Hilse, a la que deberá contentar permitiéndole cumplir el sueño de la maternidad. Tiene que conseguir que se esté tranquilita. Por el bien de ambos.

—¿Y Kiki?

—No nos es de ninguna utilidad. Tendrá que romper con ella con tacto.

Abel pensó que siempre había evitado que le controlaran la vida, pero ahora había un mercenario que le decía cómo tenía que vivir.

Reflexionó en busca de alguna solución. No encontró ninguna. Aunque vendiera toda la organización a un Gobierno, como mínimo iría a parar a la cárcel o lo eliminarían. Pero sí podía intentarlo con algún servicio de inteligencia adverso, aunque en ese caso el riesgo era acabar a las órdenes de otro Abernathy.

El presumido encendió una tableta y le enseñó una fotografía de una mujer de unos treinta y cinco o cuarenta años que cruzaba un puentecito en Venecia.

—Observe el bolso, ¿le gusta?

Ese tipo era odioso. El Turista no contestó, pero fue incapaz de apartar los ojos del modelo de Anya Hindmarch de cuero martillado negro, adornado con un *smiley* perforado. Una vez, en Malmö, había seguido más de una hora a una mujer que tenía uno idéntico, pero al final había tenido que renunciar porque se había parado a recoger a un perro grande en una peluquería canina.

—¿Quién es?

—Su próxima víctima.

—Eso ya lo suponía.

—Es la mujer de un hombre al que tenemos que eliminar, pero no conseguimos dar con él y creemos que si la matara el Turista, el marido no pensaría que se trata de una trampa y saldría del agujero en el que se ha escondido para llorar a su esposa.

—¿Y después?

—Dentro de unos días regresará a Copenhague y esperará a que volvamos a ponernos en contacto.

Norman el Mudo se levantó de la silla y salió del apartamento. Abernathy le enseñó a Cartagena otras muchas imágenes de la mujer. El muy imbécil no era capaz de entender que él no elegía a sus víctimas de esa manera, pero tuvo que reconocer que la presa no estaba nada mal. No era particularmente alta ni curvilínea.

Cabello negro con flequillo y un rostro de facciones regulares, casi anónimo, realzado sin embargo por unos grandes ojos azules.

—Le gusta ¿verdad?

Abel resopló con impaciencia.

—¿Qué importa eso, si no tengo elección?

Abernathy sonrió satisfecho.

—Tiene razón, pero debo advertirle de que no siempre podremos ofrecerle objetivos de esta calidad estética.

Ruido de llaves y de una puerta que se abría y se cerraba. El gorila volvió, pero no estaba solo. Lo acompañaba una mujer que arrastraba una maleta con ruedas. Era joven y francamente guapa, con una melena rebelde de color cobrizo con reflejos dorados. Llevaba un vestido corto y botas tejanas.

Mostró una bonita sonrisa de dientes blancos y perfectos.

—Hola —dijo, dirigiéndose al Turista—. Soy Laurie.

Se acercó a estrecharle la mano.

—Es un honor conocerte, eres todo un mito.

«Ha empezado el juego de ver quién manipula al otro más rápido», pensó el asesino en serie, lanzándole una ojeada a Abernathy, que intervino para aplacar el entusiasmo de la agente.

—Informarás al señor Cartagena de los detalles de la operación, que queremos que esté concluida en unos pocos días.

—Por supuesto —contestó ella sin apartar la mirada de Abel.

Abernathy y Norman se marcharon. La recién llegada recorrió el apartamento y deshizo su equipaje, guardando su ropa en el armario de manera desordenada. Después se dio una ducha, y Abel la vio pasearse por la casa desnuda. Tenía un cuerpo ágil y musculoso.

No sabía qué pensar de su nueva inquilina.

—Solo hay una cama —dijo, para sondear sus reacciones.

—Ya verás como no nos molestamos el uno al otro —replicó ella con la mayor tranquilidad.

Abel reparó en que hablaba inglés con un marcado acento francés.

—Tú lo sabes todo de mí, mientras que yo solo te conozco bajo un nombre falso.

Ella se encogió de hombros.

—¿Qué quieres saber? No puedo contarte gran cosa.

—Pues cuéntame lo que puedas.

—Te diré lo que podrías encontrar fácilmente en Internet: soy de Quebec y en el pasado fui policía.

—Abernathy dice que eres una psicópata criminal.

—Así es.

—¿No te molesta?

—No. ¿Por qué habría de molestarme? Soy así, lo importante es ser consciente de ello y asumirlo. Por otro lado, podemos ser útiles, a veces fundamentales.

—¿Cómo has acabado en esta historia de espías?

—En mi ámbito profesional hubo una serie de fallecimientos que convencieron a mis superiores para que me echaran del cuerpo —contestó con una sonrisa ambigua en los labios—. Fui a trabajar a una cárcel, y al segundo cadáver querían incriminarme, pero por suerte llegó uno de *ellos* y me propuso una alternativa a la cadena perpetua.

—¡Eres una asesina en serie! —exclamó Cartagena sorprendido.

—Sí, aunque no famosa como tú. Pero ahora basta de preguntas, tenemos que empezar a vigilar al objetivo.

Interceptaron a la víctima en el mercado de Rialto. Se hacía llamar Maria Rita Tenderini, pero su verdadero nombre era Alba Gianrusso y hasta hacía un par de años enseñaba matemáticas en un instituto de Bríndisi. Su marido, Ivan Porro, era un agente de la Guardia di Finanza y se había infiltrado de correo en la mafia montenegrina, que exportaba armas a Italia por vía marítima. Gracias a la información que había proporcionado, había sido posible desmantelar el tráfico y detener a una treintena de miembros entre la región de Apulia y Podgora. Durante la redada, en un tiroteo en el puerto de Antivari había muerto Mladen, hijo de Blazo Kecojević, jefe indiscutido de la mafia local.

Poco después había desaparecido un funcionario de nivel medio de la brigada antimafia, encargado de las relaciones con las fuerzas del orden italianas. Su cadáver, horriblemente torturado, había aparecido unos días más tarde. Porro había supuesto que su compañero habría dado su nombre, por lo que se había volatilizado. En realidad, no había dejado la investigación: su conocimiento de la organización seguía siendo fundamental y se había quedado para adiestrar a otros candidatos a infiltrarse.

Por precaución, habían trasladado a su mujer a Venecia, donde le habían proporcionado una nueva identidad y una casa tranquila cerca de Fondamenta della Misericordia.

El padre del joven mafioso había jurado vengarse, por lo que había acudido a los Profesionales Autónomos, que, a cambio de una cantidad más que considerable, comenzaron a buscar al traidor. Un financiero corrupto los había puesto sobre la pista de la mujer. La habían vigilado durante unos meses con la esperanza de dar con su marido. Ahora habían decidido forzar la situación. Quizá el Turista, con su exclusivo *modus operandi*, lograra engañarlo. En cualquier caso, el cliente había pagado un anticipo a cambio también de la muerte violenta de la mujer.

Alba Gianrusso charló un buen rato con una pescadera y se dejó convencer para comprar un corvallo. Antes de volver a su casa paró también en un puesto de verduras y en una panadería. En el camino de regreso se sentó en la terraza de un bar a tomarse un prosecco mientras disfrutaba del sol.

—Son las once de la mañana —dijo Laurie.

—¿Y qué?

—Si bebe a estas horas, quiere decir que le pesa la soledad. Sus días deben de ser difíciles, pero las noches, un auténtico infierno: la cama vacía y la llamada de la carne. Ya verás como te da las gracias mientras la estrangulas.

El Turista se volvió a mirarla. Ella sonreía, sus ojos negros tenían una mirada gélida y vacía.

—Menudo bombón, ¿no te parece? —le preguntó Laurie.

—¿Te gusta?

—Digamos que no soy estrecha de miras en cuestión de gustos sexuales.

—No me refería a eso, sino a que si te gustaría ocuparte tú de ella.

—Oh, sí —contestó esta cambiando de tono—. Pero a mi manera. Yo tengo menos prisa, disfruto de mis juguetitos en todos los sentidos, ¿entiendes?

En ese momento, Abel la encontró decididamente fascinante. Pero tenía sentimientos contradictorios. Por un lado sentía curiosidad por compartir experiencias con una «colega», y por otro también le habría gustado matarla. Llevó la mirada a su bolso: una copia bastante burda del bolso saco de Alexander Wang. Pero en su interior debía de haber muchos objetos interesantes, quizá incluso algún fetiche de sus delitos.

Cuando volvió a mirarla, se dio cuenta de que Laurie lo estaba observando con una expresión indescifrable. Se sintió desnudo, como si ella tuviera acceso directo a sus pensamientos.

El objetivo pagó la cuenta y se dirigió a casa con paso indolente. Abrió el pesado portón de madera de un palacete de Campiello dei Trevisani.

—Vive en la segunda planta —dijo Laurie.

—Entonces tengo que apañármelas para entrar antes que ella —comentó Cartagena—. Obligarla a subir dos plantas podría ser un problema.

—Elige tú dónde y cuándo, por mí está bien —replicó ella pasándole las llaves.

—La esperaré en casa, en la oscuridad —susurró él pensando que siempre había soñado con esa posibilidad y que en el fondo el delito impuesto empezaba a gustarle.

—Ahí estaré yo también —dijo la mujer.

En el rostro del Turista se dibujó una mueca de sorpresa y decepción.

—Órdenes —añadió ella con semblante serio.

—¿Y mirarás mientras la mato?

—Me muero de ganas.

SIETE

Nello Caprioglio había mandado a Pietro a hacer gárgaras. Se había cansado de que este no le diera explicaciones y de buscar a personas sin nombre.

Sambo tuvo que insistir para convencerlo de que aceptara acudir a otra cita. No le quedó más remedio que prometerle la verdad. En realidad tendría que contentarse con una versión parcial, pero Nello era perfectamente consciente de ello. Lo que quería era la garantía de que no se metería en un lío. El culo a salvo de cualquier eventualidad era su condición irrenunciable para seguir colaborando con ese excomisario al que le habían quitado la placa.

De hecho, eso también eran habladurías. Pero Caprioglio, como Pietro, había crecido en una época, lejana ya, en la que la palabra aún tenía valor.

Se encontraron en un restaurante de la calle Lunga San Barnaba. Invitarlo a almorzar formaba parte de las condiciones impuestas por Nello.

El experto en seguridad llegó con unos minutos de retraso y se sorprendió al ver sentada a otra mesa a la subjefa adjunta Tiziana Basile, que saboreaba un *risotto* con espárragos regado con una copa de vino blanco.

Nello era demasiado inteligente para creer en las casualidades, pero también tenía buena memoria.

—¿Habéis hecho las paces? —preguntó cauto.

—No lo sé, pero ahora trabajo para ella —contestó Pietro—. Pide lo que quieras y luego acércate a saludarla.

—¿Paga ella?

Pietro asintió, y Nello llamó al camarero con un gesto decidido.

—*Tagliolini alle capesante*, una fritura mixta grande y una botella de ribolla blanco.

Después fue a presentar sus respetos a la preboste de la policía. Volvió a la mesa al cabo de unos minutos.

—De modo que ya no eres un apestado —dijo Nello confuso—, sino un consultor que indaga en secreto sobre la presencia en la ciudad de un peligroso asesino en serie.

—Entonces ¿puedo contar contigo?

—Claro, pero sigo sin entender por qué no has confiado en mí.

—No tenía autoridad para contarte nada.

Nello partió un panecillo típico y lo mojó en el vino antes de hincarle el diente. Pietro pensó que su abuelo también tenía esa costumbre.

—Debe de ser difícil para ti trabajar así —comentó Nello.

El excomisario se encogió de hombros.

—Son las consecuencias de haber tomado una decisión equivocada —respondió con amargura—. Pero espero encontrar a ese asesino, no solo porque hay que quitarlo de la circulación, sino también porque podría ser la ocasión de enmendarme, al menos a ojos de nuestros conciudadanos.

Nello se abstuvo de hacer ningún comentario, no logró ocultar su escepticismo pero cambió de tema.

—Enséñame la foto del otro hombre que estáis buscando.

Unos segundos más tarde, el primer plano de Macheda ocupaba la pantalla del móvil de Sambo.

—¿Quién es? —quiso saber Caprioglio.

—Según la Interpol, un cómplice del asesino en serie.

—¿Y él también está aquí en Venecia?

—La imagen procede de una cámara de vigilancia del aeropuerto Marco Polo.

En ese momento, Tiziana Basile se levantó y se acercó a la caja, pasando por su mesa. Saludó a Nello con un gesto de cabeza y a Pietro le lanzó una mirada extraña. Parecía incómoda, probablemente porque este la había rechazado.

Caprioglio la señaló con la barbilla.

—Le he explicado el problema de los alojamientos turísticos sin licencia. Me ha dicho que ya lo ha hablado con sus superiores, según parece la Guardia di Finanza está organizando una operación a gran escala de identificación de los inmuebles.

—Igual se resuelve el problema —comentó Pietro fingiendo estar al corriente.

—Me ha dicho que me pagarán, pero lo ha dicho como para hacerme sentir que me estaba aprovechando del dinero de los contribuyentes.

—Lo habrás interpretado mal. Pide lo que te parezca justo.

—Entonces tengo que subir a cinco mil euros: necesito personal y, a día de hoy, la gente capaz y digna de confianza tiene su precio.

—De acuerdo, los llevo encima.

Nello lo miró con sorna.

—Eres el primer imputado al que veo ir por ahí armado, y encima con el visto bueno de un subjefe de la policía.

Pietro se palpó el costado.

—¿Tanto se nota?

—No, pero a mí me pagan para observar ciertos detalles. Me gustaría saber para qué necesitas llevar una pipa. Aquí en Venecia hace por lo menos diez años que no se dispara un solo tiro.

—Es gente peligrosa que no tiene reparos en matar.

—Si la usas, te crucificarán.

—Es un riesgo que tengo que correr. Uno de tantos.

Pietro fue al baño y dejó el dinero detrás de la cisterna del inodoro. Antes de marcharse se despidió de Caprioglio con un apretón de manos.

—Encuéntralos, Nello, hay que acabar con esta historia lo antes posible.

—¿Tengo que dejar la pista de la gorda y centrarme en el del pelo blanco?

—No. Sigue buscándola.

—Porque igual la han visto en una cafetería en Campo Sacro Cuore.

—¿Y me lo dices ahora?

—Me ha llegado la noticia por SMS mientras estabas en el retrete. Voy a comprobarla, si tiene consistencia, te llamo.

Pietro volvió a la base de Sacca Fisola, donde se había citado con el cerrajero para cambiar la cerradura de la puerta blindada.

El hombre estaba perplejo.

—Le va a costar un ojo de la cara, comisario.

Sambo resopló.

—No soy comisario desde la última vez que detuve a tu hermano.

—Perdone, es la costumbre. Pero no le puedo cobrar menos de dos mil euros.

—De acuerdo.

En ese momento apareció en el umbral del apartamento de al lado una señora mayor con rulos.

—¿Es usted el nuevo inquilino?

—No. Utilizo el apartamento provisionalmente como despacho.

La anciana demostró ser chismosa.

—Despacho ¿de qué? —preguntó—. Ahora que ya no está en la policía, ¿a qué se dedica? Se lo pregunto porque esta siempre ha sido una finca respetable.

Resignado, Pietro se preguntó si existía un solo ciudadano en Venecia que no lo reconociera y que no se sintiera con derecho a decirle la primera tontería que se le pasara por la cabeza.

—No se preocupe, señora —contestó amable—. Vengo aquí de vez en cuando a escribir mis memorias.

—¿Memorias? ¡Querrá decir confesiones! —exclamó indignada la vecina.

El excomisario se disponía a replicar de manera menos cortés cuando sonó su móvil. Era Nello Caprioglio.

—La chica de la cafetería está segura —le dijo—. Ha reconocido al hombre de la foto al setenta por ciento y recuerda a la mujer por el físico y por sus copiosos desayunos.

Sambo pensó que no podía dejar una base operativa en manos del cerrajero, que en ese momento estaba montando las aldabillas.

—Dile que mañana por la mañana iré a hablar con ella.

Tres horas más tarde volvió a casa en *vaporetto*, disfrutando de una deslumbrante puesta de sol rojo fuego. La piedra antigua de los edificios reflejaba un incendio de luz. Pietro se emocionó. Le pasaba de tanto en tanto, cuando se rendía al embrujo de su Venecia; ocasiones en las que se convencía de tener aún alguna esperanza de llevar una vida con un mínimo de sentido.

Mientras abría el portón, Tiziana se materializó a su lado.

—¿Me invitas a cenar?

—No he hecho la compra.

La subjefa le enseñó dos bolsas llenas de provisiones.

—Esta noche cenamos especialidades de Bari: pasta con mejillones, y eso solo para empezar.

Pietro suponía que se trataba de una excusa para poder volver a hablarle de lo mismo, pero no había modo de evitar ese reencuentro. La subjefa se quitó la chaqueta color crema de su traje sastre, se puso el delantal preferido de la exmujer de Sambo y se adueñó de la cocina. Sabía lo que se hacía. Pietro se dedicó a elegir el vino. Descorchó un San Dordi de Casa Roma y se tomó un par de copas mientras ella se ajetreaba en los fogones.

Tiziana eludía su mirada y al cabo de un rato Pietro se cansó de ese jueguecito.

—Te escucho —se limitó a decir.

—Ahora no. Estoy cocinando.

—Por favor.

Ella se volvió agarrando con fuerza el cucharón.

—No pienso renunciar a ti —declaró. La vergüenza le ardía en la cara—. Sé que me porté mal, peor que mal. Cuando te detuvieron, arremetí contra ti solo porque te acostaste con esa en lugar de hacerlo conmigo. Hice mal. Contigo siempre lo he hecho todo mal. También el otro día, cuando me ofrecí a ti de esa manera vulgar y ridícula. Lo que ocurre es que me muero de deseo por ti porque me muero de amor por ti. Ni te imaginas la de veces que me he apostado cerca de tu casa solo para verte pasar. La de veces que me he acercado al timbre para hablarte, sin atreverme nunca a hacerlo.

Sambo le llenó la copa y vació la suya.

—Eras mi superior y una amiga a la que apreciaba. Como todos los hombres de la comisaría, fantaseé con llevarte a la cama, pero luego tú me hiciste trizas.

—Tienes que perdonarme, Pietro.

—No. Eres tú quien debe encontrar la manera de ganarte mi perdón.

—Lo haré, te lo juro, pero tú intenta mirarme de otro modo.

Él trató de esconderse detrás de las palabras.

—¿Y cómo, si llevas el delantal de Isabella?

—Deja que me quede aquí esta noche.

—¿Crees que es buena idea?

—Sí.

Ambos se esforzaron por cambiar de tema. Después se sentaron en el sofá a ver la televisión, como una pareja que se reencuentra tras una jornada de trabajo.

Tiziana se levantó y fue a prepararse para pasar la noche. Sambo se fumó otro par de cigarrillos mirando el cielo por la ventana.

Cuando se metió en la cama, sintió el perfume de ella invadirle la mente.

—Hace tanto tiempo que esta cama no recibe a una mujer —dijo mientras Tiziana le apoyaba la mano en el pecho con un gesto tímido y torpe.

—Yo ya no soy el hombre que era antes —siguió diciendo Pietro, después de apagar la luz—. Y ya no sé qué esperar de la vida. Vivo al día, esperando una señal.

Ella le tomó el rostro entre las manos y lo besó. Él se rindió y se dejó llevar desde su deriva hacia esa noche que quizá fuera más corta que las demás.

Cuando despertó, Tiziana ya se había marchado. En el cuarto de baño Pietro se quedó mirando su cepillo de dientes, señal inequívoca de que volvería. El sexo no había sido inolvidable. Demasiada urgencia, ningún conocimiento mutuo. Al concluir, él había impuesto una tregua, sustrayéndose a la conversación y a las caricias de después, y se había refugiado en un sueño agitado.

Ella había decidido quererlo, mientras Pietro seguía pensando que no era una buena idea. Con ese pensamiento en la cabeza decidió por la mañana traicionar a la viuda Gianesin e ir a desayunar a la cafetería Vivaldi.

—Los dos alemanes estuvieron viniendo aquí todas las mañanas durante dos semanas por lo menos, sería a finales de febrero, si no recuerdo mal —contó Silvana, la joven propietaria, que había heredado el negocio de su padre—. Él tomaba un té, mientras ella se zampaba un par de bollos de crema como mínimo con un tazón de café con leche, y cuando pagaba se llevaba además un par de cruasanes. Qué lástima…

—Qué lástima ¿por qué?

—Qué lástima que esa mujer se eche a perder de esa manera. De cara es guapísima, si se ceba así tiene que ser porque se siente mal por dentro.

—Entiendo —dijo Sambo.

Ella sonrió, azorada, y se tocó el pelo como si quisiera asegurarse de que seguía ahí.

—No, usted no puede entenderlo. Yo sí. Hace unos años me encontraba en la misma situación que ella, pesaba cuarenta kilos más que ahora.

—Pues nadie lo diría —comentó el excomisario con sinceridad—. La felicito.

—No sé por qué le cuento esto, es solo que esa mujer me turbó porque me hizo recordar cómo era yo.

—Ha hecho bien en contármelo, cualquier detalle puede serme útil —la tranquilizó Pietro, decidido a encauzar la conversación hacia informaciones más sólidas y útiles—. ¿De qué solían hablar entre ellos? ¿Alguna vez escuchó alguna conversación?

—No conozco bien la lengua, lo justo para apañarme con los turistas —explicó—. Pero una vez discutieron, y las palabras que repetían más veces eran *Musik* y algo así como *Komponisten.*

—¿Sabe dónde vivían?

—No. Pero me da la impresión de que no venían aquí al azar, porque una vez que llovía llegaron bastante mojados, como si hubieran recorrido un buen trecho hasta entrar aquí.

«Excelente observadora», pensó Sambo.

—En su opinión, ¿qué tipo de turistas eran?

La mujer no le contestó enseguida porque tuvo que servir un *cappuccino* y una porción de tarta a un señor de mediana edad, quizá americano, que llevaba una elegante corbata de pajarita a juego con las rayas de la camisa y los tirantes.

Cuando volvió a hablar con Pietro, tenía las ideas claras.

—Conocían Venecia, porque nunca los vi consultar planos o guías —dijo señalando las mesas, ocupadas en su mayor parte por extranjeros enfrascados en soportes electrónicos o de papel que proporcionaban datos sobre la ciudad—. Mientras la mujer comía, el hombre a veces leía libros, pero las portadas no eran de novela.

—¿Cree tener algún dato útil más que darme? —le preguntó el excomisario, repitiendo las mismas palabras que llevaba años pronunciando.

—No. Solo una pregunta, si puede contestarme. ¿Por qué los buscan?

El excomisario reflexionó, en busca de una mentira aceptable.

—Porque esa mujer se merece algo mejor.

Sambo se paró no muy lejos a fumar un cigarrillo, apoyado en el pretil de un puente. Después llamó a Nello Caprioglio para preguntarle si tenía novedades. Decepcionado por su respuesta, llamó a Tiziana.

—Si el Turista y Macheda se esconden en apartamentos de alquiler sin licencia, algo de lo que ya no nos cabe duda, tenemos que encontrar la manera de hacerlos salir de su madriguera.

—Esa es nuestra intención —dijo la subjefa—. Pero aún están recopilando datos de las distintas páginas web, son centenares.

—¿No puedes acelerar las cosas?

—Lo intentaré.

OCHO

Los Profesionales Autónomos prestaban mucha atención a los detalles. Esa mañana, Laurie recibió una llamada del tipo que se hacía llamar Abernathy, tras de la cual insistió en que Cartagena llamara a Kiki y a Hilse.

Con la primera debía empezar a mostrarse frío y antipático, mientras que a su mujer, por el contrario, debía darle muestras de estar dispuesto a acoger favorablemente su voluntad de ser madre.

La canadiense lo sometió a una especie de prueba, interpretando el papel de las dos mujeres, y quiso estar presente durante las conversaciones.

La pobre amante colgó entre lágrimas cuando Abel le hizo entender que no tenía ganas de verla en un futuro próximo.

—Hay otra mujer, ¿verdad?

—Claro. ¡La mía! —contestó Abel entre dientes—. Y tú no estás en situación de preguntarme según qué cosas.

—No entiendo por qué me tratas así. ¿Es por mi actitud con respecto a tus estudios sobre Galuppi?

—También. Sea como fuere, ya no tengo ganas de oír tu voz. Cuando las tenga, te llamaré.

El Turista arrojó el móvil sobre el sofá.

—Es un error perder a Kiki, es útil e inofensiva.

—Métete en la cabeza que se acabó el tiempo de los globos aerostáticos —contestó Laurie.

—¿Y eso qué coño significa?

—Hemos visto las fotos: llama demasiado la atención. No solo por el tamaño, sino también por cómo se viste —contestó en tono neutro—. Lo sentimos por tus gustos, pero tendrás que acompañarte de ejemplares femeninos acordes con nuestros estándares.

Abel suspiró y fue a la cocina a tomarse la tercera taza de té de la mañana. Ella lo siguió. Tenía la manía de moverse silenciosamente, como una gata, pero él ya se había acostumbrado a encontrársela a la espalda de repente.

—¿Qué tipo de persona eres en la cama? —le preguntó Laurie.

—¿Por qué?

—No consigo calarte. Compartimos colchón y no te has acercado a mí ni un milímetro. No estoy diciendo que me habría gustado que lo hicieras, pero yo soy mucho más guapa y sensual que tus mujeres.

—¿Ah, sí?

—Hilse es una mujercita agradable, aunque con un rostro sin fantasía, y Kiki no es más que un polvo penoso con vistas a conseguir una complicidad de la que ella no es ni siquiera consciente.

Abel hizo una mueca de reprobación.

—Cuidado, Laurie, estás diciendo las típicas cosas que dicen los psicópatas.

—Pero en este momento solo estamos tú y yo. ¿Puedes hacer el favor de reconocer mi superioridad física respecto de tus «amores» y explicarme por qué no me has pedido que follemos? Esta situación me está poniendo nerviosa, y a mí eso no me gusta.

—No te lo puedes permitir: necesidad de excitación y déficit de control conductual —replicó Abel recordándole dos puntos destacados de la Psychopathy Checklist.

—¡Tú lo has dicho! Y dado que sabemos ambos de qué estamos hablando, espero una mejor, si no total, disposición por tu parte.

—Está bien. No me lo había planteado, sabes además que nuestra pobreza emocional complica las cosas.

—Entonces ¿podríamos convenir que cuando uno de los dos tenga una exigencia la ponga de manifiesto, y el otro trate de satisfacerla?

—Por mí, bien —contestó Abel acomodaticio—. ¿Quieres follar?

Ella fingió pensárselo.

—No. Además, tienes que llamar a tu mujercita.

Al contrario que Kiki, la alegría de Hilse fue enorme. Él la inundó con un aluvión de lugares comunes sobre el amor y la paternidad que había leído en Internet.

Laurie siguió la conversación con mucho interés y al final lo felicitó, admitiendo que ella aún no había alcanzado ese nivel de elocuencia manipuladora.

—Nosotros tenemos que tener cuidado de ocultar nuestra superficialidad: en nuestras palabras y en nuestras relaciones personales —explicó él en tono cómplice—. Una vez que aprendes a ser «profundo», automáticamente tienes una mente sana.

—¿Y cuál es el secreto para eso?

—Entender que todos fingen, ocultan el rostro tras una máscara, porque la mentira es la única moneda de cambio que tiene valor entre los seres humanos. Solo que nosotros estamos obligados a hacerlo mejor.

—Además eres medio filósofo —comentó ella admirada.

Pero Abel ya había perdido el interés en esa conversación.

—¿Abernathy te ha dicho algo sobre la operación?

La canadiense frunció los labios en una mueca traviesa.

—Sí, le gustaría que la mujer muriera no más tarde de hoy.

—Entonces vamos a echarle un último vistazo.

—No, la van a seguir otros. Por la tarde nos avisarán de cuándo podemos entrar en su casa.

—Pero yo «necesito» verla.

—Ya verás como consigues excitarte mientras la esperas escondido detrás de la puerta, pero hasta entonces te quedarás aquí y te dedicarás a tus investigaciones sobre ese compositor. Vas un poco retrasado con el trabajo.

A Laurie no le faltaba razón. No podía permitirse tener problemas también con su editor. Sus nuevos amigos le habían prometido pagarle, pero aun así debía proteger su tapadera profesional.

Se sentó ante su escritorio, encendió el ordenador y empezó a escribir el capítulo dedicado a *Il caffè di campagna*, una opereta ligera compuesta sobre un libreto de Pietro Chiari, rival acérrimo de Goldoni, además de poeta de corte de Francisco III de Módena.

Con los años, Cartagena había aprendido a concentrarse en su trabajo incluso cuando la excitación de dar caza a una nueva víctima tendía a adueñarse de su mente. Cuando Laurie fue a avisarle de que había llegado el momento, estaba releyendo satisfecho el texto.

Alba Gianrusso había salido a dar su paseo vespertino de costumbre. Los meses transcurrían, abriendo un torbellino de soledad en su existencia. No solo por la lejanía de Ivan, en constante peligro de muerte, sino también por la separación forzosa de su familia, sus amigos, su ciudad y sus alumnos.

Estaba desesperada. Cuando se despertaba por la mañana, la idea de afrontar otro día carente de sentido la sumía en la angustia. Había visitado la ciudad, todos los museos e iglesias. Había ido al teatro y al cine. Pero al final, Venecia se había convertido en una cárcel de oro.

Había empezado a beber. La cantidad de alcohol aún no resultaba preocupante, pero solo era cuestión de tiempo. Y había empezado a violar las normas de seguridad, llamando por teléfono primero a su madre y a su hermana, y después a sus amigas. No con el móvil con el que se comunicaba con su marido unos minutos una vez a la semana, sino desde un teléfono público cerca de la oficina de correos de Castello.

Ese día había charlado con Rossella. Se conocían desde niñas y se querían mucho. Le había confiado su pena, y esta la había animado, diciéndole que tuviera paciencia, que al final Ivan regresaría a su lado y volverían a ser felices como antes.

Su amiga no entendía que ella ya no podía más y que no le bastaba con reflexionar racionalmente sobre la necesidad de soportar el tiempo asfixiante del limbo a la espera de la resurrección.

«Nunca hubiera imaginado que te causaría tanto sufrimiento», le había dicho Ivan.

Pero tampoco se le había pasado por la cabeza siquiera abandonar la misión y correr en su auxilio. Había dado por sentado que ella sería fuerte y se quedaría en esa pequeña ciudad cumpliendo con su deber. Y ella, a sus treinta y seis años, ya se había sacrificado más que de sobra por él.

La tía Elvira, que de los hombres solo había recibido «dolor y mentiras», como solía recordar, se había mostrado tajante: «No tiene prisa por volver, y no porque se le haya olvidado que está casado contigo, sino porque no le da la gana. Y estate segura de que no ha dejado de acostarse con unas y con otras, porque a eso los hombres no renuncian jamás».

Alargó el camino de vuelta a casa. Probó un nuevo bar que promocionaba la hora del aperitivo con Spritz y frutos secos. Le había entrado sed al recordar el franco cinismo de su tía, y pidió otra copa. Reparó en que de vez en cuando dos hombres le lanzaban ojeadas discretas. Parecían militares profesionales de vacaciones en Venecia, disfrutando del sol y los bares. Alba pensó con una pizca de satisfacción que aún podía resultar atractiva a alguno de ellos. Obviamente ignoraba que llevaban siguiéndola desde por la mañana y que solo querían asegurarse de que volviera pronto a su apartamento.

Poco después de ponerse el sol se decidió a abandonar el bar. No había conseguido evadirse de su infierno, pero sentía la cabeza más ligera. Se prepararía la cena y se sentaría a ver la televisión con la botella de amaro al alcance de la mano.

El apartamento que habían puesto a su disposición era bonito. Antes de ser confiscado, había pertenecido a un traficante de cocaína que abastecía a los hoteles de lujo, y lo habían reformado con bastante gusto.

Rara vez coincidía con los demás vecinos. En la planta de abajo vivía una anciana que había sido profesora universitaria y que apenas salía. Y en la de arriba, un pintor austriaco que solo venía en verano, cargado de lienzos de vistas de Venecia pintadas en Klagenfurt para repartirlas por las distintas exposiciones que atraían a manadas de posibles compradores.

Cuando abrió la puerta de casa y la cerró tras de sí, estaba segura de haber notado un movimiento apenas perceptible en el salón. Pensó que habría pasado volando por la ventana alguna paloma o algún gavilán. Dejó el bolso, se descalzó y ató la bufanda de seda, último regalo de Ivan, al perchero. Cuando se volvió, se encontró cara a cara con una mujer sonriente. Iba vestida de oscuro y llevaba el pelo recogido.

No tenía un aire amenazador, pero cambió de idea cuando reparó en que llevaba guantes de látex. Alba no tuvo tiempo de reaccionar, pues alguien la asaltó por la espalda, tapándole la boca y obligándola a tenderse en el suelo.

«Me han encontrado», pensó, resignada a morir. Había considerado más de una vez esa hipótesis, y solo deseó no sufrir.

Un hombre le apartó los brazos, bloqueándoselos con las rodillas, antes de adueñarse de su cuello, que empezó a apretar despacio.

Su asesino se puso a mascullar en inglés, ella captó una frase que no le costó traducir: «Eres la elegida», pero después ya dejó de escuchar. Estaba aterrorizada y tenía demasiadas oraciones que recitar y anhelos en los que pensar como para perder tiempo con tonterías.

Laurie se agachó junto al Turista y empezó a desabrocharle el cinturón.

—¿Qué haces? —quiso saber él.

—Estoy contribuyendo a que tu hazaña veneciana sea inolvidable —contestó ella, metiéndole la mano bajo la ropa interior y acariciándole el miembro erecto—. ¿Te gusta?

Él asintió, volviendo a concentrarse en la víctima.

—No tengas prisa —le sugirió la canadiense—. Nos sobra el tiempo.

«¡Sí!», pensó el asesino en serie. «Esta vez me lo puedo tomar con calma».

Aflojó la presión y le dio a la mujer algo de tiempo para recuperarse, le acarició el rostro, le atusó el cabello y después volvió a estrangularla.

Laurie apartó las manos de su pene.

—Ahora acaba ya.

Alba Gianrusso murió unos instantes más tarde. Hipoxia, isquemia cerebral.

El Turista se levantó y se abrochó el pantalón. Laurie lo abrazó.

—Ha sido hermoso. Lo has hecho bien.

El asesino la apartó y fue a apoderarse del bolso de la mujer que yacía en el suelo. Lo guardó en la mochila y se acercó a la puerta, seguido de Laurie, que llevaba una bolsa con los objetos que habían recogido del apartamento mientras esperaban a que ella volviera a casa. Cuando salieron, vieron no muy lejos de allí a Norman y a otro hombre, que hacían guardia fingiendo interesarse por la fachada de una iglesia sin culto. Los guiaron hacia el apartamento siguiendo un recorrido que habían estudiado y comprobado.

Una vez en casa, Abel se encerró en la habitación para concluir el ritual. Puso una sábana limpia en la cama, se sirvió una copa de un buen vino y, como banda sonora, eligió la última sinfonía de Mahler, la décima, completada por Deryck Cooke. A continuación empezó a colocar con cuidado el contenido del bolso.

Laurie no lo molestó, aunque le hubiera gustado compartir también ese momento. Solo le había pedido que le entregara el móvil de Alba Gianrusso. Los técnicos de los Profesionales Autónomos lo analizarían a fondo para encontrar alguna conexión con su marido.

El bolso de la mujer resultó ser un verdadero tesoro. Fotografías, notitas, pequeños recuerdos. Abel estaba excitado. Normalmente se habría masturbado al disfrutar del botín, pero le había gustado la intervención de su compañera mientras asesinaba a la mujer.

Se desnudó y fue al salón, donde Laurie estaba limpiando su pistola. Ella miró su erección.

—Tienes ganas de follar.

—Entre otras cosas —contestó él, ambiguo—. Estoy en fase creativa.

—Entonces vamos a ver qué inventas —contestó ella, empezando a desabrocharse la blusa.

Era una chica fuerte. Cartagena se dio cuenta cuando la penetró, tendida sobre el contenido del bolso, y ella se aferró a él con brazos y piernas. Se sentía cómodamente atenazado. Cuando alcanzó el orgasmo, Laurie se abandonó y le susurró al oído una serie de deseos.

Él se excitó como nunca en su vida.

—Te voy a hacer daño. Mucho daño.

—Pues, venga, empieza —replicó Laurie, volviéndose de espaldas.

NUEVE

Fue Vace Jakova, una albanesa sin papeles que trabajaba en negro para una empresa de limpieza y fregaba una vez a la semana las escaleras del edificio, quien encontró abierta de par en par la puerta del apartamento de aquella señora tan simpática y entrevió el cadáver tendido en el suelo de la entrada.

En realidad no ocurrió así exactamente. El Turista y su cómplice habían dejado la puerta entornada para facilitar el hallazgo del cadáver de Alba Gianrusso.

La limpiadora reparó en la anomalía y, al cabo de media hora por lo menos, llamó al timbre y, al no obtener respuesta, pensó que la propietaria había olvidado cerrar la puerta. Una ocasión que no podía desaprovechar para robar algo del apartamento pues, a sus cincuenta y cinco años, estaba cansada de partirse el espinazo a cambio de una miseria. Pero cuando casi tropezó con el cadáver, gritó tan fuerte que los vecinos, temiéndose lo peor, alertaron a las fuerzas del orden.

Junto con la brigada científica llegó también Tiziana Basile, que, al enterarse de que faltaba el bolso de la mujer, filmó la escena del crimen con el móvil para enviarle el vídeo a Pietro Sambo.

Después llegó un agente del Grupo de intervención contra el crimen organizado, la sección de élite de la Guardia di Finanza. Se llevó aparte a la subjefa y le reveló la identidad de la víctima. Le pidió poder seguir la investigación entre bastidores porque de momento no quería hacer pública la noticia y para que saliera al descubierto su compañero, cuya llegada a Venecia, por otra parte, estaba prevista en las próximas horas.

Tiziana se mostró de acuerdo y le prometió ayudarle en todo lo que pudiera. Bajó a la calle y llamó a Sambo.

—Una mujer estrangulada en la calle Dei Trevisan, en la zona de Fondamenta della Misericordia —le dijo—. Falta el bolso.

—El Turista.

—Sí. La víctima es la mujer de un teniente del GICO, condenado a muerte por la mafia montenegrina.

—Una venganza, entonces.

—Me parece la hipótesis más probable. Pero lo que no entiendo es por qué han utilizado al Turista, disponen de hombres y medios más que suficientes, y además el mensaje no está claro. Aparte de nosotros, por ahora nadie ha concluido que el culpable sea el asesino en serie.

Si Sambo había llegado a dirigir la brigada de homicidios de Venecia no era solo porque fuera un buen investigador con una gran experiencia, sino también porque la naturaleza lo había dotado con una intuición fuera de lo común. Solía ser capaz de entender el sentido de acciones que habían llevado al homicidio como última consecuencia.

—Es una trampa —dedujo—. Quieren que el marido salga de la clandestinidad. No saben que nosotros conocemos el vínculo entre el asesino en serie y los Profesionales Autónomos, y su *modus operandi* es una cortina de humo para hacer creer que la mujer es víctima de un homicidio «común».

Tiziana reflexionó en silencio.

—Quizá tengas razón —dijo al cabo de un momento—. El problema es que aún no podemos permitirnos contar la verdad, pero tenemos que poner en guardia a ese hombre, que, según me han dicho, está llegando a Venecia.

—¿Quién es el oficial del GICO con el que has hablado?

—¿Por qué lo preguntas?

—Tú no puedes descubrirte. Iré yo a hablar con él.

—Y cuando te pida las credenciales, ¿qué? Y cuando quiera comprobar la milonga que le cuentes, ¿qué?

—Ya me inventaré algo.

—Te arriesgas a meterte en un lío, y no sé si podré ayudarte de inmediato.

—Dame su nombre.

—Coronel Maurizio Morando.

Pietro se dirigió al mando regional de la Guardia di Finanza en Campo San Polo y pidió ver al coronel. El suboficial responsable de la recepción lo reconoció y no hizo nada por ocultar su sorpresa.

—Apuesto a que has venido a vender a algún antiguo compañero —dijo en voz alta para llamar la atención de los presentes.

Sambo no estaba de humor.

—Se equivoca, mariscal, son todos agentes de este cuerpo.

El hombre calló y los demás volvieron a sus ocupaciones, pues la corrupción era una plaga que afectaba también a ese cuerpo y las bromas estaban fuera de lugar.

Unos minutos más tarde hicieron pasar al excomisario al despacho del coronel.

—¿Qué quieres? —preguntó Morando en tono insolente.

—A mí me trata con respeto —ordenó Pietro.

Morando se levantó de golpe.

—Un mierda como tú no se permite hablarme así.

Ostentando una tranquilidad que no sentía, Sambo se acomodó en la pequeña butaca frente al escritorio.

—Tengo que informarle de ciertos detalles relativos al homicidio de la mujer de su agente, de modo que póngase cómodo y escuche.

—¿Y qué sabrás tú? ¿Qué tienes tú que ver con esta historia?

El exjefe de la brigada de homicidios hizo caso omiso de sus preguntas.

—Sabemos a ciencia cierta que se encuentra en la ciudad un grupo de asesinos a sueldo de la mafia montenegrina. Han matado a la mujer y le han robado el bolso para hacer creer que ha sido obra de un desequilibrado —contó, mezclando verdad y embustes—. El verdadero objetivo que persiguen es que su agente salga al descubierto.

Morando, que no era tonto, hizo la pregunta adecuada:

—¿Para quién trabajas?

—No estoy autorizado a decírselo.

—¿Y yo cómo puedo fiarme?

—Conozco demasiados detalles para habérmelo inventado todo.

—Pero eres el exjefe de la brigada de homicidios, podrías haber conservado la amistad con alguien capaz de pasarte información de primera mano.

Sambo suspiró.

—¿Cuánto va a durar este estúpido jueguecito? He venido a decirle que mantenga a su hombre lejos de Venecia.

Morando consultó su reloj.

—Ahora mismo está volando. Llegará dentro de un par de horas.

—Pues en cuanto baje del avión, lo mete en otro y lo saca de aquí.

—Lo haré, pero quiero toda la información que tengas sobre el grupo de sicarios.

—Suponemos que se ocultan en uno o más pisos de la red de alquileres ilegales. La única manera de encontrarlos es mediante la operación que ustedes llevan tiempo preparando.

El coronel apartó los brazos en un gesto de impotencia.

—Aún no estamos preparados y tenemos que coordinarnos con la Policía Municipal.

—Entonces salvarán al teniente, pero no lograremos detener al asesino de su mujer.

El coronel no replicó. Cogió una hoja de la impresora y se la pasó.

—Apúntame aquí tu número de móvil, dirección, correo electrónico… Me imagino que volveremos a vernos en los próximos días.

Mientras Pietro anotaba sus datos, Morando no renunció a la clásica advertencia:

—Si lo que intentas es joderme, te saldrá caro.

—No lo creía tan grosero, coronel —comentó Sambo tranquilamente, dirigiéndose a la puerta.

Morando se precipitó a llamar a la subjefa Basile.

—Acabo de recibir la visita de Pietro Sambo.

—¿A santo de qué? —preguntó Tiziana fingiendo estupor.

—Conoce cierta información sobre el caso de Alba Gianrusso. Y sobre otros también.

—¿Cómo es posible?

—Eso es precisamente lo que quería averiguar con usted. Tal vez cuenta con contactos en la comisaría que lo tienen al corriente de ciertos hechos.

La mujer replicó molesta:

—Lo excluyo categóricamente.

—Entonces trabaja para los «primos».

La subjefa tenía su respuesta preparada:

—Había oído ese rumor pero, sinceramente, no le di crédito porque, como bien sabemos, Sambo fue expulsado del cuerpo con deshonor.

—A «esos» les traen sin cuidado ciertas cosas —murmuró el coronel antes de colgar.

Morando mandó que le trajeran el café. Habría querido fumarse un cigarrillo, pero le había prometido a su mujer dejar el tabaco. Después llamó al comandante de la Policía Local.

—Tenemos que acelerar la investigación sobre los alquileres ilegales.

Hacía tiempo que en Venecia no había víctimas de homicidio, y periodistas de todo tipo asediaron la jefatura de policía. Tiziana Basile se reunió con la responsable de la oficina de prensa, que le aconsejó que evitara redactar comunicados y en su lugar afrontara directamente a los medios. El clamor del delito era tal que no se contentarían con unas pocas y lacónicas líneas.

La subjefa era consciente, sin embargo, de que no tendría más remedio que mentir, asumiendo toda la responsabilidad del caso. Si los hechos desmentían sus palabras, no podría revelar la verdad de fondo y tendría que decir adiós a su carrera.

La única posibilidad era tratar de no azuzar aún más la curiosidad, presentando un caso en vías de solución y carente de esos detalles morbosos que tanto hacían desbordar la imaginación de la opinión pública. Para lograr su objetivo tendría que jugar sucio, pero como le había dicho el jefe del servicio secreto que la había reclutado: «El interés del Estado está por encima del de los particulares. Si acepta servir a su país trabajando con nosotros, no puede tener escrúpulos».

Por este motivo, instantes antes de hablar con los periodistas llamó al hombre en quien más confiaba, el brigadier Curtò, dándole una orden que lo sumió en una gran perplejidad.

—La víctima se llamaba Maria Rita Tenderini, era ama de casa. Vivía de una pequeña renta que le habían dejado sus padres. Llevaba una vida solitaria y no tenía amistades ni conocidos relevantes —empezó a contar al micrófono, leyendo las primeras señales de decepción en el rostro de los periodistas presentes—. El móvil del crimen es, sin lugar a dudas, económico, pues hemos registrado el hurto del bolso, el móvil, el ordenador y otros objetos de valor. Puedo anunciar que tenemos ya un sospechoso: se trata de la ciudadana albanesa Vace Jakova, de cincuenta y cinco años, empleada doméstica del edificio. Otorgamos escasa credibilidad a su versión, según la cual encontró abierta la puerta de la vivienda de la señorita Tenderini y tropezó con su cadáver. Creemos más bien que entró con algún pretexto y robó varios objetos, siendo descubierta por la víctima. En ese momento tal vez estalló una pelea entre ellas, y la propietaria del apartamento tuvo las de perder. Quisiera subrayar que Vace Jakova se encuentra en Italia sin permiso de residencia, es de complexión fuerte y perfectamente capaz de derribar y estrangular a una mujer menuda. Por otra parte, también otros vecinos sufrieron en el pasado robos similares, no denunciados por desgracia, de los que siempre sospecharon de dicha ciudadana albanesa, que con frecuencia llamaba al timbre aduciendo pretextos poco creíbles.

»Por último quisiera añadir que el personal de esta jefatura ha procedido a la detención de la ciudadana albanesa. Más adelante podremos distribuir las fotografías de la desafortunada víctima y de su presunta asesina.

La subjefa Basile se alejó repartiendo sonrisas y apretones de mano, haciendo oídos sordos al chaparrón de preguntas que se le vino encima.

Ninguna era insidiosa, sin embargo. Tratándose de un caso prácticamente resuelto, los periodistas solo tenían que darle «color» a la noticia. Tiziana les había puesto en bandeja el tema de la extranjera clandestina sobre el que cebarse, mientras que el verdadero problema era la escasez de datos sobre la desdichada Maria Rita Tenderini, pero no creía probable que algún director de periódico ordenara a sus colaboradores que indagaran a fondo. Las dos mujeres implicadas carecían de interés.

Tiziana estuvo todo el día muy ocupada y no llamó al timbre de la casa de Pietro hasta poco antes de las once de la noche.

—¿Un día duro? —le preguntó este.

—Uno de esos que querrías olvidar cuanto antes —contestó ella, quitándose los zapatos.

—Ya me lo imagino. No es frecuente tener que enchironar a una persona inocente para contentar a la prensa.

—No tenía elección.

—¿No lo dirás en serio? Esa infeliz se arriesga a pasar los próximos veinte años en una celda de la cárcel de la Giudecca.

—Eso no ocurrirá.

—¿Se te ha olvidado cómo funciona esto? Una vez que acabas dentro de la maquinaria, lo más probable es que te triture. No irás a contarme el cuento de que al final la justicia siempre triunfa.

Ella se cansó de intentar que fuera razonable.

—Quiero ser sincera contigo: me trae sin cuidado la señora Vace Jakova, me ocuparé de ella cuando pueda y tenga tiempo de hacerlo. Te recuerdo que nuestras prioridades son otras: tenemos que parar al Turista, que ya ha golpeado dos veces, y atacar a la banda de los Profesionales Autónomos, y sin poder contar con los recursos de las fuerzas del orden.

El excomisario se le acercó:

—Alguna vez hemos tenido que jugar sucio para poner entre rejas unos años a criminales de cuya culpabilidad estábamos seguros pero a los que no conseguíamos detener respetando las reglas. Pero este caso es distinto. Esa albanesa no es culpable de ningún delito.

—Te estás repitiendo, Pietro, y yo ahora solo te digo que tengo hambre.

Él señaló la cocina con el dedo.

—En la nevera hay un plato de pasta.

Tiziana le dedicó una sonrisa conciliadora.

—Has cocinado para mí. Entonces me esperabas a cenar como un novio enamorado.

—Todavía no había visto en la tele la rueda de prensa.

—Déjalo ya, Pietro. Piensa más bien en el resultado de tu conversación con el coronel Morando. Ahora te mira de otra manera, entre vosotros puede surgir una colaboración que te ayudará a convencer a nuestros compañeros del cuerpo y a darte una segunda oportunidad.

—El precio es demasiado alto.

—No quieras interpretar el papel del alma cándida conmigo —le soltó, furiosa—. Sabías de sobra lo que podía pasar cuando aceptaste unirte a nosotros.

—Tienes razón —reconoció Sambo—. La verdad es que verte en la tele, mientras sellabas el destino de esa mujer con la misma falta de compasión con que lo hiciste conmigo, me ha helado la sangre.

—Hago bien las cosas. También cuando miento.

—¿Y a mí qué me estás ocultando?

—Te quiero —susurró—. Eres la única persona con quien quiero compartirlo todo, hasta el último pensamiento.

—Esta noche no —replicó él cogiendo su chaqueta.

—¿Adónde vas?

—Necesito aire.

—Yo en cambio te necesito a ti. Aquí y ahora.

Tiziana se arrepintió del tono imperioso de sus palabras, pero era demasiado tarde para convencerlo de que se quedara. Pietro se marchó de la peor manera, dando un portazo.

Ella se calentó la pasta y descorchó una botella de vino tinto. Esperó un par de horas delante del televisor y luego decidió volver a casa y dormir en su propia cama.

Pietro se despertó poco después del amanecer en la base de Sacca Fisola. Su malhumor persistía y se sentía mal por no haber tenido la fortaleza para quedarse en su casa y afrontar la situación.

También porque lo atormentaba una idea desde que se había acostado con Tiziana: ¿qué pintaba una mujer de carrera con un fracasado como él? Si acababan juntos, ¿se dejaría ver con él en cenas y fiestas con sus compañeros del cuerpo y los notables de la ciudad?

Lo dudaba. Pero era necesario aclarar ese aspecto para entender lo que pensaba de verdad de su relación, y utilizarlo después como argumento para apartarse de ella. Pietro no quería compartir su vida con una persona tan cínica. Isabella era distinta. Él la había traicionado y le había hecho daño, había hecho de todo para apartarla de sí, y ahora no había día que no añorase su amor.

Sonó su móvil y pensó que sería Tiziana, que querría retomar la conversación interrumpida bruscamente la noche anterior. Se equivocaba. Era el coronel Morando.

—A las ocho en punto, patrullas mixtas de la Policía Municipal y agentes de la Guardia di Finanza controlarán noventa y seis apartamentos —anunció en tono tajante—. Todas las personas que se encuentren en ellos serán identificadas y fotografiadas. No tenemos personal suficiente para una acción a gran escala, por eso no podremos reunir todos los datos hasta la tarde.

—Necesitamos consultarlos y analizarlos con urgencia.

—Haré que te envíen los archivos en cuanto los tengamos.

—De acuerdo.

—Otra cosa, Sambo: quiero que quede claro que no estamos dando caza a un grupo de criminales. Mis hombres y los agentes municipales encargados de esta operación están comprobando posibles evasiones fiscales.

—A nosotros ahora nos interesa dar con sus madrigueras, y poco importa si las encontramos vacías —replicó el excomisario—. Con todo, nos proporcionarán información útil.

—Hemos puesto a salvo al teniente —añadió Morando—. Después de la autopsia, el cuerpo de su esposa irá a la morgue hasta que la situación permita revelar su identidad y celebrar el funeral.

—Una situación dolorosa y complicada también por el hecho de que ha habido que implicar a otra persona inocente.

—¿Te refieres a la albanesa?

—Sí.

—De esa cagada es responsable la subjefa Basile, nosotros no tenemos nada que ver. Que se las apañe.

En resumen, Vace Jakova no le importaba a nadie.

Aunque se encontraba lejos, Sambo decidió ir a desayunar al bar de la viuda Gianesin. Durante el trayecto nada llamó su atención. Faltaba menos de una hora para el inicio de la operación policial, pero no había señales de que se estuviera intensificando el tráfico de embarcaciones de las fuerzas del orden. Saldrían de los cuarteles en el último momento.

Pietro llamó a Nello Caprioglio. Sabía que a esas horas ya estaría vestido y afeitado.

—Esta noche te necesito, no sé durante cuánto tiempo.

—¿Qué pasa?

—No tardarás en descubrirlo.

DIEZ

Abel Cartagena no daba crédito a lo que veía y oía en la televisión mientras seguía el enésimo informativo.

—Menudos incompetentes estos polis italianos —exclamó furioso una vez más—. ¿Cómo coño no se dan cuenta de que esto es obra del Turista?

Laurie empezaba a estar exasperada, pero comprendía la frustración de su compañero.

—Quizá les llegue la iluminación en los próximos días, o puedes pedirle a Abernathy que organice un soplo a los medios.

—Es demasiado peligroso.

—No para nosotros.

El hombre tuvo un arrebato de ira y estrelló un vaso contra la pared.

—Cálmate y recógelo —ordenó Laurie.

Él la mandó a paseo, pero ella insistió.

—Tienes que controlar la ira, sabes que puede generar comportamientos impulsivos.

Abel puso en práctica una técnica de yoga para tranquilizarse mediante la respiración mientras Laurie se preparaba para salir. Se puso unos pantalones negros, una camisa verde y se calzó unas zapatillas de deporte. Le colocó el silenciador a la pistola y la guardó en un bolsillo interior de la mochila.

—¿Adónde vas? —quiso saber Abel—. Aún es pronto.

—A darle boleto al maridito de la tía a la que te cargaste ayer. Abernathy prefiere sabernos repartidos en los puntos estratégicos mientras esperamos noticias de dentro.

—¿Un traidor?

—No ha sido difícil conseguir uno. Lo de las treinta monedas siempre funciona.

—¿Puedo ir yo también?

—No estás adiestrado.

—Aun así podría resultaros útil.

—No insistas y no salgas de aquí —zanjó Laurie abriendo la puerta.

A Abel se le hizo insoportable el silencio que pesaba sobre la casa. A los pocos minutos se dio cuenta de que no era capaz de obedecer la orden de quedarse encerrado en ese maldito apartamento. Y, sin pararse a pensarlo, se puso el uniforme del Turista. Reparó en ello cuando se guardó en los bolsillos de los pantalones los guantes de cirujano que utilizaba para estrangular a sus víctimas.

Se dijo que esa ciudad se merecía una lección. Seguiría segando vidas hasta que los imbéciles de los investigadores reconocieran su firma.

Estaba seguro de que sus nuevos amigos no apreciarían esa iniciativa no pactada, pero era uno de esos momentos en los que el estrés emocional le había hecho descarrilar. Había acumulado demasiado desde que la marroquí se introdujera de noche en su apartamento y ahora tenía que descargar tensión a su manera. Hacía años que no recaía en una crisis tan profunda. Y peligrosa. Los pensamientos racionales eran apenas destellos en su mente. Lo que necesitaba era una víctima y la encontraría. No tenía ni la menor idea de cómo se llamaba ni qué edad tenía, pero quería su vida. Y su bolso.

Con gafas de sol y una gorra de béisbol con el logo de los Boston Braves, Abel se consideraba lo bastante camuflado para dar caza a su presa en pleno día. No le faltaba razón, pues se confundía perfectamente con la masa de turistas que esa mañana había invadido Venecia.

El instinto lo llevó hacia el mercado de Via Garibaldi, en Castello. Su objetivo era encontrar una mujer entre los puestos y seguirla hasta su casa, con la esperanza de que su marido estuviera trabajando y sus hijos, en el colegio.

En Fondamenta Sant'Anna se topó con un grupo de policías de dos cuerpos y, diez minutos más tarde, con otro en Riva Sette Martiri. Cartagena no se asustó, simplemente redobló la cautela y se mostró menos exigente a la hora de elegir a su posible víctima.

Hasta ese momento había seguido a una mujer de unos treinta años, alta y delgada, con un bolso Bobbi de Guess, pero tras comprar deprisa fruta y verdura, la posible elegida volvió al estudio de arquitectura donde trabajaba.

A continuación siguió a otra, unos quince años mayor, que llevaba al brazo sin la más mínima gracia el bolso *shopper* de Even&Odd. Abel no habría tenido reparos en matarla, pero la muy imbécil había quedado en un bar con dos amigas.

Cartagena volvió sobre sus pasos. El mercado seguía siendo el lugar con mayor concentración de candidatas.

Sacó de la mochila la cámara de fotos y empezó a rebuscar entre la multitud con el teleobjetivo. De pronto la vio. Y le dio las gracias al azar, el amo del universo. En ese momento se habría contentado con mucho menos, pero esa mujer superaba todas sus expectativas: cabello largo y rubio, rostro de tez clara y facciones muy delicadas, cuello fino, largo y terso, manos ahusadas de pianista y cuerpo de modelo. De su hombro derecho colgaba una seductora creación de Gucci de cuero rojo. El Turista pensó en los bolsillos del forro interior de algodón y lino, en el fascinante misterio de su contenido.

El destino nunca le había concedido cruzarse con tal perfección. Empezó a seguirla con extrema cautela.

La mujer lo llevó de paseo por todo el barrio. Se paró a tomar un *cappuccino,* después visitó una zapatería, de la que salió calzada con un par de zapatos de salón, y por fin entró en un estanco. En el umbral abrió con gestos que traducían una elegancia natural un paquete de cigarrillos y se alejó fumando y contoneándose sobre sus tacones de diez centímetros.

La elegida se detuvo delante de un edificio a pocos pasos de la basílica de San Pietro de Castello. Abel reguló el *zoom* sobre los timbres del portero automático y contó seis. No era la situación ideal, pero un punto a su favor era que no había llamado a ninguno, sino que había sacado un manojo de llaves de su bolso.

El Turista perdió el control en el momento en que ella empujó la puerta. La alcanzaría en pocos pasos y la obligaría a subir a casa. Estaba seguro de que lo obedecería, pues la imaginaba frágil e indefensa.

La mujer ya había desaparecido en el interior. Unos pocos segundos después, el portón se cerraría. El asesino en serie se apresuró, pero alguien lo aferró del brazo.

Era Norman. Y detrás de él aparecieron Abernathy y un par de tipos malencarados.

El gorila fingió estrecharle la mano, pero al hacerlo le aplastó un nervio con el pulgar. El dolor era insoportable y Cartagena se quedó inmóvil.

—No debe desobedecer nuestras órdenes —lo reconvino el presumido—. El homicidio que estaba a punto de cometer tenía un estándar de seguridad no aceptable.

«Qué gilipollez», pensó Abel.

—¿Cómo me habéis encontrado?

—Laurie ha colocado un chivato en la mochila —le explicó Abernathy con una sonrisa que no alcanzaba a ocultar su enojo.

Rodeado por los gorilas, Cartagena tuvo que recorrer a paso rápido una serie de calles que conducían a un canal donde los esperaba una lancha con el motor en marcha.

Lo empujaron con cierta rudeza bajo la cubierta.

—Es usted un hombre con suerte. Hace menos de una hora han visitado su vivienda unos agentes que querían identificarlo —le informó Abernathy—. Los acompañaba su casera, que esta mañana se ha desayunado con la terrible noticia de que no podrá seguir alquilando sus apartamentos eludiendo sus obligaciones fiscales.

—¿Estoy en peligro? —preguntó Abel, trastornado por la noticia.

—Pensamos que no —contestó Abernathy—. La propietaria ha sido sometida a un control que aún sigue en curso en toda la ciudad y que afecta a varias decenas de inmuebles. Lo importante es que más tarde vaya usted a hablar con ella, acompañado de Laurie, a la que presentará como su nueva novia. Le entregarán las fotocopias de los pasaportes, que ella procederá después a entregar a su vez a la policía. Burocracia sin consecuencias.

El Turista asintió, tratando de mostrarse convincente, pero no estaba nada lúcido. No conseguía liberarse la mente de la imagen de la elegida. En realidad no quería hacerlo. Estaba dominado por el impulso de matar.

Abernathy siguió hablando, pero él no lo escuchó. El hombre le hizo una señal a Norman, que abofeteó a Cartagena con violencia.

—Ha perdido usted el control —constató decepcionado el presumido—. Pensaba, dado su pasado, que sería capaz de gestionar mejor sus momentos «feos».

Abel se masajeó la mejilla.

—Estaba bien antes de cruzarme con ustedes.

—Le recuerdo que fue usted quien se cruzó en nuestro camino el día que cometió el error de seguir a una de nuestras agentes.

Norman le alargó una botella de agua y dos cápsulas blancas y rojas.

—No quiero tomarlas —se opuso Cartagena.

—Colabore, de otro modo tendrá que sufrir la humillación de que le obliguemos a tragárselas. Son fármacos que deberían disminuir su deseo de estrangular al prójimo.

Tras un largo intercambio de miradas con los energúmenos que lo rodeaban, Cartagena comprendió que no tenía alternativa y obedeció.

—Tendrá que tomárselas tres veces al día, y nos aseguraremos de que siga la terapia a rajatabla.

—¿No tienen nada mejor que hacer? —masculló Abel—. ¿No tenían que liarse a tiros con el marido de la tipa que maté para ustedes?

—No ha dado señales de vida —contestó Abernathy—. Hemos sabido que se han olido la trampa, pero no nos explicamos cómo. Han acusado del delito a esa albanesa…

—De eso precisamente tenemos que hablar —lo interrumpió alterado el Turista—. Nadie me ha atribuido todavía la autoría del delito, y eso es inaceptable.

—Laurie me ha informado de su decepción, y estamos dispuestos a echarle una mano con los medios, pero tendrá que esperar un poco. Hemos encontrado un rastro interesante en el móvil de su víctima y no queremos remover las aguas hasta que no encontremos y eliminemos a ese hombre.

Abel se levantó de golpe, pero Norman volvió a sentarlo de un fuerte tortazo.

—Se va a hacer daño —comentó Abernathy irónico.

—Usted no comprende que no puedo aceptarlo. Es el segundo delito que no se me reconoce.

El presumido se señaló a sí mismo y a sus hombres.

—Cada uno de nosotros ha matado a más de tres personas, por lo que se nos podría considerar asesinos en serie. La diferencia es que nosotros buscamos evitar toda publicidad porque no queremos convertirnos en asesinos famosos. El homicidio para nosotros es un medio y no un deleite fantasioso. En estos momentos debe hacer el esfuerzo de avenirse a respetar nuestras reglas. Después le prometo que se convertirá en la peor pesadilla de Venecia.

—¿Me permitirán que estrangule a esa mujer?

—Se la serviremos en bandeja de plata. Le repito que sabemos lo que necesita, pero nosotros decidimos quién, dónde y cuándo.

La embarcación atracó cerca de la iglesia de San Simeon Piccolo, no muy lejos del apartamento de la señora Cowley Biondani.

Cuando Abel desembarcó a la fuerza, apareció Laurie para encargarse de él.

—Tengo órdenes de dispararte si haces tonterías —le advirtió esta.

—Trataré de evitarlo.

Ella lo obligó a detenerse y a mirarla.

—Deberías habérmelo contado, yo aún no te conozco bien pero te habría ayudado. Abernathy es un buen tipo, pero tiene la manía de controlarlo todo, y la próxima vez te eliminará.

—Me ha dado de repente —le contó Abel—. De pronto me he visto en la calle buscando una presa, y un frasco de pastillas no bastará para frenarme.

—Lo sé.

—¿Tú cómo te las apañas?

Laurie le hizo una caricia.

—Hey, ¿ya estamos en la fase de las confidencias entre psicópatas asesinos?

—Estoy seguro de que nunca has dejado de matar.

—Y no pienso hacerlo —reconoció ella en tono discursivo—. Pero yo no acabo en los periódicos, no busco celebridad. Yo pesco entre la masa de los marginados. Emigrantes clandestinos, adolescentes fugados, drogadictos. Nadie malgasta su tiempo en buscarlos, en preguntarse qué ha sido de ellos. Aunque encuentren los cuerpos, acaban olvidados en la morgue.

—¿Varones?

—No solo.

—Cuéntame más.

Laurie negó con el dedo.

—Aún no nos conocemos tanto.

—Pero tú me has visto, lo sabes todo de mí.

—También sé que eres capaz de mandarlo todo al garete —replicó gélida—. Y ahora llévame a conocer a tu casera.

* * *

135

Carol Cowley Biondani estaba furiosa, y cuando le ocurría, se volvía insoportable. Había considerado la invasión de esa patrulla de agentes maleducados un auténtico acto de guerra. Se había sentido ofendida, humillada y, sobre todo, robada al descubrir la cuantía de la multa que le habían impuesto.

La habían obligado también a llevarlos a los apartamentos que alquilaba. Y esos bárbaros uniformados habían tenido la osadía de maltratar a sus huéspedes, identificándolos con modales bruscos y contrarios a las más elementales normas de educación.

Llevaba más de un cuarto de hora explicando lo ocurrido esa mañana con todo lujo de detalles a Abel y a Laurie, que fingían escucharla con interés.

—Pero, bueno —dijo en un momento dado, alzando el tono de voz—, al entrar en la habitación me he dado cuenta enseguida, por la talla de las prendas, que no era Kiki quien compartía su lecho, querido señor Cartagena, y usted sabe cuánto me he encariñado con ella.

—No tengo intención de robárselo a nadie —intervino tranquila Laurie—. Solo vamos a estar juntos un par de semanas, después yo volveré con mi marido, y él con su bellezón.

—Nos hemos dado un periodo de reflexión —añadió él—. Kiki, por otra parte, está pasando un mal momento por culpa de una dieta particularmente severa.

La señora se quedó sin habla. Abel aprovechó para entregarle las fotocopias de los pasaportes y para firmar los formularios de alquiler.

—Me iré dentro de una semana justa —anunció Cartagena sacando su cartera.

Los billetes nuevecitos mejoraron sensiblemente el humor de la casera, aunque tuvo que anunciar, a su pesar, un aumento imprevisto debido a la codicia del Estado italiano.

En cuanto se marchó la pareja, Carol Cowley Biondani rompió los formularios y los tiró a la basura. No pensaba ni por asomo tener nada que ver con esos policías. Su abogado le había asegurado que cabía la posibilidad de presentar recurso, lo importante era que pareciera que hasta entonces se había tratado de alquileres esporádicos. En fin, como decía siempre el santo de su marido: «Cuantos menos papeles haya en los despachos, menos impuestos se pagan».

Ya había dado los datos de la pobre Kiki Bakker, engañada por su novio de manera tan descarada.

—Le habría rebanado el cuello con tal de hacerla callar —dijo Laurie una vez de vuelta en casa—. Esa bruja es insoportable.

En cuanto al Turista, estaba vaciando la mochila en busca del chivato.

—¿Dónde lo has escondido?

—En la correa derecha. Pero déjalo donde está. Lo llevamos todos por nuestra propia seguridad.

—¿Lo llevas incluso cuando vas de «pesca»?

Ella inclinó la cabeza hacia un lado, con una mueca traviesa. Habría sido un gesto encantador si no lo hubiera estropeado su mirada vacía de expresión.

—No. Se queda en casita durmiendo.

—Eres una chica mala que actúa de noche.

—Me gusta la oscuridad —dijo acercándose a él. Lo abrazó y le lamió el cuello.

—Me parece el momento menos adecuado para el sexo —reaccionó Abel—. Estoy bastante nervioso.

Laurie pegó la boca a su oído y le susurró un par de deseos que él encontró irresistibles.

—No sé si podré parar a tiempo.

—De eso me encargo yo —dijo ella, cogiéndolo de la mano y llevándolo al cuarto de baño.

ONCE

Nello Caprioglio llegó a casa de Pietro mientras el excomisario estaba conectando su nueva impresora al ordenador, con las instrucciones a mano.

—Veo que sigues siendo un troglodita en cuestión de informática —dijo apartándolo delicadamente.

—Antes contaba con colaboradores muy capaces.

—Pues yo lo soy más, aunque más caro —replicó el jefe de seguridad, corrigiendo los errores de Sambo.

Unos minutos más tarde empezaron a descargar y a imprimir los archivos enviados por el coronel Morando. Los más interesantes eran los documentos de las personas identificadas en las viviendas alquiladas ilegalmente.

Les llevó un par de horas comprobar si en las fotografías aparecía el Turista o Andrea Macheda. Ninguno de los varones se parecía mínimamente a los dos hombres buscados.

—Vamos a probar con la gorda —sugirió Nello.

Examinando las fotos de carné, seleccionaron a cinco mujeres. De estas excluyeron a tres por ser demasiado mayores o demasiado jóvenes. Las otras dos podían corresponderse con la que buscaban. Judith Porter, profesora australiana, nacida en Adelaida en 1977. Kiki Bakker, de nacionalidad alemana pero nacida en Holanda hacía treinta y nueve años y residente en un barrio periférico de Copenhague.

Descartaron a la primera tras visitar su perfil de Facebook. El rostro de la fotografía parecía pertenecer a una persona obesa, pero en realidad se trataba de una mujer alta y robusta.

La otra, en cambio, no tenía perfil en ninguna red social, pero en Internet había muchas noticias sobre ella. Cuando el excomisario leyó que era una conocida redactora de la prestigiosa revista *Musik und Komponisten Magazin,* dio un salto en la silla recordando el testimonio de Silvana, la joven propietaria de la cafetería Vivaldi, que recordaba que durante una discusión habían repetido varias veces esas palabras.

—Dale a las imágenes —dijo Pietro.

La primera la inmortalizaba recogiendo un premio. Sostenía en las manos una pequeña escultura de un violinista. Su rostro de facciones agradables coronaba un cuerpo entrado en carnes y cubierto por prendas muy llamativas.

—Es ella —exclamó Sambo. Nello abrió otro archivo.

—Aquí consta que se aloja en un apartamento en Campo de la Lana, propiedad de una ciudadana inglesa, una tal Carol Cowley, viuda de Rinaldo Biondani —leyó con una sonrisa—. Recuerdo a su marido, era conocido en toda Venecia por ser un *caìa,* un tacaño.

Sambo cogió el móvil para llamar a Tiziana Basile, pero cambió de idea.

—Es mejor comprobarlo preguntando al dueño, a los camareros del Remieri y a la chica de la cafetería.

—Y tener una charla con la dueña del apartamento —añadió Caprioglio—. Te acompaño, por supuesto.

—No puedes —replicó Pietro—. Ya te he explicado que es una operación encubierta.

—Intenta impedírmelo —lo retó en tono tranquilo.

—Pues tráete una pipa —dijo el excomisario, pensando que así lo asustaría.

El detective se llevó la mano a la cintura.

—¿Una Taurus .38 especial te parece suficiente?

—Son asesinos, Nello.

—Lo sé, Pietro. Por eso necesitas a alguien que te guarde las espaldas.

Sandrino Tono trató de sacarle más dinero a Sambo. El Remieri aún estaba cerrado, los empleados aparecerían más tarde y de la cocina llegaba un aroma a sofrito y pescado rancio.

—Podría recordar si tuviera un incentivo —rio con sarcasmo, creyéndose muy listo.

—No te voy a dar ni un céntimo más —le advirtió Pietro—. Mira bien las fotos y dime si es ella.

—Ya te dije que la tarifa es la que es, y que no somos una ONG —le recordó el dueño del restaurante.

—Podría pagarte, pero no lo haré porque eres un gilipollas, así aprenderás a no ir de listo —declaró el excomisario, lanzándole una mirada a Caprioglio, que cerró desde dentro la puerta del restaurante.

—¿Qué coño haces? —gritó Sandrino.

Sambo le dio un rodillazo en los testículos. En los tiempos en que era un poli temido nunca había escatimado los golpes bajos. Sabía cómo causar dolor.

El dueño del Remieri cayó al suelo.

—Sí, es la mujer que buscas, la reconozco —masculló dolorido.

—¿Estás seguro, o quieres que te hagamos compañía hasta que lleguen los camareros?

Este negó con la cabeza.

—Es ella, te lo juro.

Con Silvana no fue necesario recurrir a la fuerza, al contrario, insistió en invitarles a desayunar a los dos.

—Sí, la reconozco —confirmó—. ¿Está aquí en Venecia?

—Puede —contestó Pietro, evasivo—. Y si hemos logrado identificarla ha sido gracias a su excelente memoria.

Ella se ruborizó. Sambo cayó entonces en la cuenta de lo guapa que era. Pensó que si hubiera tenido unos años menos, habría vuelto para cortejarla.

Carol Cowley Biondani, en cambio, resultó ser un hueso mucho más duro de roer que Sandrino Tono.

—Márchense. Para cualquier comunicación o petición, diríjanse a mi abogado —fue lo único que dijo después de escuchar a Sambo y de echar un vistazo a la fotografía, antes de cerrarles la puerta en las narices.

Los dos hombres oyeron el ruido de los cerrojos, que anunciaban la intención de la mujer de atrincherarse en su casa.

—Olvídala —dijo el excomisario—. Esta tía está loca, no nos sirve para nada.

Pietro se equivocaba en su juicio, pues no conocía a la señora, que ya se había precipitado a llamar por teléfono a Kiki Bakker para contarle una mentira que fue improvisando sobre la marcha, según la cual la policía la buscaba, probablemente para preguntarle por qué había otra mujer en la cama veneciana del señor Cartagena.

Kiki se concentró solo en esa noticia, sin prestar la más mínima atención al resto. Se preguntó si la misteriosa mujer no sería Hilse, pero cuando lo llamó a su casa, y contestó la esposa legítima, ya no le quedaron dudas: Abel tenía otra amante.

La periodista corrió a la cocina, donde asaltó la caja de galletas. Pese a la rabia y la amargura que sentía por la traición, no quería renunciar a ese hombre, no quería perderlo, y la única manera de convencerlo de que se quedara con ella era hablando con él en persona.

Kiki era una mujer concienzuda. Mientras preparaba la maleta para el viaje, compró el billete de avión, llamó a la redacción para cancelar sus compromisos y pidió cita urgente en la peluquería y en el salón de belleza para una depilación «brasileña».

Mientras el azar se entretenía moviendo otro peón en ese complicado tablero de ajedrez, Sambo procedió a poner al tanto del descubrimiento a la subjefa.

Como Pietro imaginaba, esta se cuidó mucho de hacerle ningún cumplido y se puso a dar órdenes.

—Voy a contactar enseguida con la policía danesa, tú mientras encuentra la manera de vigilar el apartamento.

—Ya nos estamos ocupando de eso.

—Deshazte de Caprioglio. Te mando a Ferrari de apoyo.

—No. De Nello me fío al cien por cien, con Simone Ferrari nunca he tenido mucha confianza.

—Tú no puedes decidir a quién reclutas.

—Sabes que Nello es muy capaz, y puede sernos muy útil.

—De acuerdo, pero yo ni quiero ni puedo exponerme.

—Ya lo has hecho. Y él no es tonto.

La subjefa suspiró, molesta.

—Aun así espera a Simone.

Cuando Sambo colgó, se cruzó con la mirada divertida del detective.

—¿Tengo que fingir que no he oído nada?

El excomisario no contestó. Le puso una mano en el hombro.

—No te he mentido, pero me temo que he omitido algún que otro detalle.

—¿En serio? —Nello fingió sorpresa sin cambiar de expresión—. ¿Te refieres a la trola que me has metido sobre lo de la operación encubierta?

—¿No te la has creído?

—Para nada —contestó—. En la policía algunas cosas no funcionan así, nadie te contrataría de consultor. Pero la prueba definitiva la tuve anoche cuando vi los archivos de la Guardia di Finanza. A ti te ha reclutado el servicio secreto, amigo mío, y además me parece que ha sido tu antigua enemiga.

Pietro asintió complacido.

—¿Entonces no tienes reparos en colaborar con nosotros?

—En absoluto. Y a lo mejor podría seguir en el futuro…

—No depende de mí, yo cuento tan poco que entro en la categoría de los prescindibles —aclaró para no crearle falsas esperanzas.

—Con calma, ya sé cómo va esto —dijo Nello en tono sabio—. Pero ahora vamos a tomar el aperitivo a Checo Vianello. Invito yo.

Pietro consultó su reloj. Era casi mediodía. No era mala idea.

—¿A santo de qué tanta generosidad?

—Le has dicho a tu jefa que de mí te fías por completo, y hay cumplidos que merecen una copa. Además, desde la ventana de ese bar tenemos una buena vista del portal que nos interesa.

Tenía razón. Pocos conocían Venecia como Nello, y tenerlo de socio en esa investigación era una auténtica baza.

Antes de entrar en el local, debajo del Sotoportego dei Squelini, le comentó a Sambo las dificultades de dar con un lugar desde el que observar las entradas y salidas del edificio.

—Podríamos encontrar a alguien que nos deje espiar desde sus ventanas, pero aquí algo así perturbaría el equilibrio del barrio, todo el mundo se iría de la lengua, pasarían por la calle y nos saludarían con la mano.

—Entonces no nos queda otra que instalarnos en el bar de Vianello.

—No tenemos alternativa, aunque no pasaremos inadvertidos, sobre todo tú, y se enterarán también los *carabinieri*.

—¿Checo es informador suyo?

—Por tradición familiar, heredada de su padre.

—Habría preferido que tuviera antecedentes penales —comentó Sambo—. Sea como fuere, de los problemas que pueda haber, si los hay, tendrá que ocuparse la subjefa Basile.

El dueño del local no ocultó su sorpresa por la inesperada visita, ironizando sobre la extraña pareja de parroquianos. Caprioglio contestó divirtiendo a la clientela habitual. Obviamente implicó a Pietro obligándolo a invitar a una ronda. Después se instalaron en una mesita apartada desde la que podían observar la calle y pidieron una ración de pulpito acompañada de un vino blanco de los Colli Euganei. El apartamento parecía vacío, pero eso no quería decir nada. Quien se está ocultando no suele asomarse a la ventana.

Al cabo de una hora salió de la cocina el hermano de Checo con una fuente humeante de pastel de pescado. A su mesa llegaron también dos platos abundantes sin que los hubieran pedido.

Sambo estaba rebañando con un trozo de pan cuando sonó su móvil.

—Tiziana Basile —susurró a Nello antes de contestar.

—Hay algo que no cuadra —dijo la subjefa con tono perplejo—. Según la policía danesa, Kiki Bakker está en Copenhague a punto de embarcar en un vuelo con destino a Venecia.

—Entonces no se encuentra en la ciudad.

—Parece que no. La propietaria ha mentido.

—Igual ha vuelto a casa un par de días.

—He mandado que lo comprueben: su nombre no aparece en ningún vuelo ni entre los pasajeros de ningún barco. Podría haberse desplazado en coche, pero esa hipótesis no me convence.

—¿Qué hacemos?

—Nada legal —contestó la subjefa—. Nos la llevamos y la interrogamos en un lugar tranquilo. Os quiero a todos en el aeropuerto dentro de una hora.

Pietro dudó si la había entendido bien.

—¿Hablas en serio?

Ella se quedó callada unos segundos y luego colgó.

—Igual deberías volver a tus hoteles y olvidarte de toda esta historia —dijo el excomisario con tono apagado.

—¿Qué ha pasado?

Pietro se lo explicó.

—Vamos a secuestrar a una ciudadana extranjera —concluyó—. Un delito que se paga con una larga condena.

—No habrá ninguna condena —replicó Nello.

—¿Qué te hace estar tan seguro? Recuerdo un caso parecido en Milán, varios agentes italianos y de la CIA acabaron en la cárcel por raptar a un imán.

—Lo mandaron a Egipto, donde fue torturado —replicó el detective—. Aquí nadie va a sufrir daño. Y si tuviera que ocurrir algo así, conozco unos sitios en las lagunas...

Sambo lo miró con los ojos como platos, horrorizado, y Caprioglio se apresuró a decir que solo era una broma.

Dos horas más tarde, la subjefa esperaba a Kiki Bakker en el aeropuerto Marco Polo. Cuando la vio salir, arrastrando una maleta de ruedas, le cortó el paso blandiendo su placa. La mujer la siguió dócilmente hasta el embarcadero de los taxis, donde estaba el que conducía el exinspector Simone Ferrari. Le habló en tono tranquilo e impreciso sobre unas comprobaciones que realizar con respecto al alquiler del apartamento de la señora Cowley Biondani y la convenció para que subiera a la lancha motora. Una vez a bordo, se hicieron cargo de ella Sambo y Caprioglio, que la invitaron a sentarse en un pequeño e incómodo sofá en el camarote.

La mujer tuvo las primeras sospechas cuando se dio cuenta de que la embarcación estaba dejando Venecia y se dirigía a Burano. Empezó a ponerse nerviosa y a gritar como una posesa cuando la invitaron a desembarcar y descubrió que se trataba de un viejo muelle en desuso utilizado por los clientes del Palomita, un pujante hotel de tres estrellas cerrado por una disputa entre herederos.

Pietro tuvo que enseñarle la pistola para inducirla al silencio y a la obediencia. El sitio se le había ocurrido a Nello, que tenía las llaves.

La agencia inmobiliaria, que trataba inútilmente de venderlo desde hacía un par de años, le pagaba para que protegiera la propiedad de posibles daños.

Condujeron a una Kiki aterrorizada al saloncito contiguo al bar. El calor y el olor a cerrado eran insoportables. Las butacas y las sillas estaban protegidas por fundas de nailon. Aún quedaban algunas botellas en los estantes del bar. Nello sirvió una copita de licor de ciruelas y se la ofreció a la mujer.

—¿Qué quieren? —preguntó en un italiano bastante bueno tras apurarla de un trago.

No se dignaron responder, pero delante de ella registraron su bolso y su equipaje. Sambo se ocupó del móvil. La memoria contenía decenas de fotos de su amante, retratado en épocas y ciudades distintas.

El excomisario le enseñó una imagen del Turista en París, con Notre-Dame al fondo.

—¿Quién es?

—Es Abel —dijo ella, esta vez en inglés, sin entender el significado de la pregunta.

—¿Abel qué más? —insistió Pietro en italiano.

—Abel Cartagena, un íntimo amigo mío.

—¿Cómo de íntimo? —intervino Simone Ferrari en tono amenazador.

Rodeada por tres hombres armados, prisionera en un lugar aislado, la mujer decidió colaborar sin oponer resistencia.

—Nos amamos —contestó deprisa, confusa—. Pero él está casado con Hilse. Ahora tienen problemas, ella quiere tener un hijo.

—Hábleme de él —pidió el excomisario, cambiando el tono y tratando de que se sintiera lo más a gusto posible.

—Es un conocido musicólogo, ahora mismo está en Venecia investigando sobre Baltasar Galuppi.

Los tres hombres cambiaron miradas interrogativas que no pasaron inadvertidas a Kiki Bakker.

—Un compositor y organista del siglo XVIII, apodado el Buranello porque nació aquí —explicó ella con una pizca de condescendencia de la que se arrepintió enseguida.

Pietro había interrogado a centenares de criminales, simples sospechosos y testigos de todo tipo. Sabía cómo hacerles hablar. Esa mujer era precisa en sus respuestas, pero no se abriría si no se la estimulaba continuamente con preguntas igual de claras y explícitas.

Le preguntó por su trabajo y el de su amante, cómo se habían conocido, y, al cabo de unos diez minutos, ella les había proporcionado un cuadro detallado de la vida privada de uno de los criminales más buscados por todas las policías europeas.

Después la interrogó sobre los viajes de su amante, y las fechas y los destinos se correspondían con los crímenes del Turista. Pietro se preguntó cómo reaccionaría la mujer cuando se diera cuenta de que había desempeñado un papel determinante en la planificación logística de un asesino en serie del que estaba locamente enamorada.

Tres horas más tarde hacía tiempo que se había puesto el sol y ellos estaban exhaustos y apestaban a sudor. El cabello de Kiki, perfecto a su llegada a Venecia, era ahora una masa informe pegada al cráneo. Tenía la garganta seca y le costaba hablar. Había pedido agua repetidas veces, pero le había sido negada con fingida amabilidad. Poco importaba que esa mujer fuera inocente e ignorara los delitos cometidos por su amante. Para ser eficaces, los interrogatorios han de llevarse a cabo con una lucidez despiadada. El único elemento que los diferencia es la dosis de violencia aplicada.

Pietro quiso conocer las razones de ese viaje imprevisto a Venecia, el plano del apartamento y una infinidad de detalles más, tan nimios en apariencia que a Kiki le provocaron una crisis de llanto.

El exjefe de la brigada de homicidios esperó a que se recuperase y volvió a la carga.

Simone Ferrari recibió una llamada de Tiziana Basile y salió para hablar con ella en la lancha. Cuando la subjefa hizo su aparición, el piloto ya la había puesto al corriente del contenido del interrogatorio.

La policía cogió una silla y se colocó delante de la periodista.

—Ahora el problema es qué hacer contigo —empezó diciendo en tono inexpresivo—. No podemos permitir que obstaculices una importante operación policial. O te retenemos aquí hasta que esta concluya, o te mandamos de vuelta a casa, pero tendremos que estar seguros de tu más absoluto silencio.

Llegados a ese punto, Kiki se rebeló.

—Pero ¿de qué operación me habla? Están reteniéndome ilegalmente y llevan horas atormentándome con preguntas inútiles sobre el mejor hombre que he conocido en mi vida.

—Abel Cartagena no es el hombre que crees —replicó Tiziana.

—No es verdad. Me están mintiendo.

La subjefa se volvió hacia los tres hombres, que seguían la conversación algo apartados.

—No podemos dejarla marchar, está enamorada hasta las trancas.

—Aquí no puede quedarse —intervino Nello Caprioglio—. No es seguro.

Tiziana sacó el móvil de su bolso.

—Voy a pedir instrucciones.

Se lo tomó con calma, o la llamada fue particularmente larga, porque no volvió a aparecer hasta cerca de una hora después. Les pidió que la siguieran fuera del salón para no hablar delante de la prisionera.

Se dirigió a Nello.

—Me ha parecido entender que ahora eres de los nuestros.

—Exacto —contestó el detective.

—Esta es tu última oportunidad de quedarte fuera de esto, porque lo que diré a continuación va mucho más allá de lo que ha sucedido hasta ahora, y además no puedo reclutarte, no tengo autoridad para ello, pero puedo contratarte como «externo». ¿Te vale con diez mil euros?

A Caprioglio no le gustó el tono de la subjefa.

—No se preocupe, yo cumpliré con mi parte.

—En lo que a la señora Bakker respecta, se ha emitido una orden de tratamiento médico obligatorio —anunció la policía con tono cansado—. Tenemos que llevarla a *piazzale* Roma, una ambulancia se ocupará de trasladarla a la clínica privada donde será atendida.

—Los tratamientos médicos obligatorios son competencia de los alcaldes —objetó Pietro.

—En efecto, lo firmará el alcalde de no sé qué pueblecito lombardo.

—En el que la «señora Bakker» jamás ha puesto un pie. Y sobre todo no ha dado muestras de estar loca —continuó el excomisario.

—Es la única solución que he encontrado —explicó la subjefa, levantando la voz—. La alternativa es que tú la tengas encerrada en el retrete de tu casa.

—Primero la albanesa y ahora ella. ¿Cuántas personas inocentes más se van a ver implicadas en esta historia?

—Las que sean necesarias para concluir con éxito la operación —contestó Tiziana señalando a Kiki con el dedo—. Esta gorda de mierda ha estado tirándose hasta ayer mismo a un asesino en serie, le ha proporcionado los refugios que necesitaba. Así que estoy más que encantada de ponerla en las eficientes manos de médicos y enfermeros para que la atiborren de fármacos.

—No puedes estar hablando en serio —se rebeló Pietro.

—Tu actitud está fuera de lugar —lo reconvino Simone Ferrari—. Ya no eres el jefe, tienes que respetar la cadena de mando.

Sambo se volvió para mirar a Caprioglio, que se encogió de hombros.

—Tienen razón, hay objetivos más importantes, y, además, si se encuentra en esta situación la culpa es suya.

El exjefe de la brigada de homicidios levantó las manos en señal de rendición.

—Está bien, como queráis. Pasemos a otra cosa —dijo derrotado—. Ahora sabemos que Abel Cartagena, conocido como el Turista, reside en el apartamento de Campo de la Lana junto con una mujer que probablemente pertenece a los Profesionales Autónomos. La pregunta es: ¿podemos enfrentarnos a ellos?

La subjefa Basile lo interrumpió con un gesto.

—Por ahora nos limitaremos a seguirlos.

—Macheda y los Profesionales son la única prioridad de verdad, ¿me equivoco? —preguntó Pietro, para quien de repente se había hecho la luz.

149

—Sí —contestó Tiziana—. Y no está prevista ninguna detención. También se eliminará al Turista, pero no nos ocuparemos nosotros, en las próximas cuarenta y ocho horas llegará un grupo operativo.

La subjefa volvió al saloncito y se acercó a Kiki.

—Todo ha sido un error —dijo con absoluta naturalidad—. Le pedimos disculpas por este pequeño incidente, pero, como seguramente entiende, vivimos en unos tiempos en los que a veces la seguridad puede invadir y limitar la vida privada de los ciudadanos. Ahora la acompañaremos donde usted desee.

Aturdida, la mujer sonrió y se levantó con dificultad, dirigiéndose a la salida con paso inseguro. Tuvieron que sujetarla entre tres para ayudarla a subir a bordo de la lancha y, en cuanto entró bajo cubierta, Ferrari le plantó una jeringuilla en el cuello. Perdió el sentido casi enseguida, apenas le dio tiempo a pronunciar algún que otro insulto en alemán.

Pietro le sacó el móvil del bolsillo y se lo entregó a Tiziana.

—Tenemos el número del Turista. Puedes mandar que lo pongan bajo vigilancia.

—No —contestó esta en tono seco—. Seguramente estará interceptado también por sus nuevos socios, no podemos exponernos a que nos descubran.

Sambo y Nello desembarcaron cerca del puente de la Academia, dejando al piloto y a la subjefa la tarea de entregar a Kiki Bakker a sus nuevos carceleros.

—Te estás haciendo el tonto —dijo Caprioglio en tono fraternal.

—¿Porque me niego a vender del todo la pizca de moralidad y de humanidad que nos queda?

—Tú también has jugado sucio. Y más de una vez.

—Con quien se lo merecía.

—Según tu criterio, propio y personalísimo.

—Tienes razón. A veces exagero con la hipocresía, y he sido el primero en no inmutarme cuando Tiziana ha dejado bien claro que el Turista no acabará jamás delante de un tribunal. Pero no tengo claro que podamos soportar el peso de la responsabilidad de negar la verdad y la justicia a la familia de sus víctimas.

—Tú seguirás bregando con tu sentimiento de culpa, no lo puedes evitar —sentenció Nello—. Yo, en cambio, seguiré viviendo tan campante, lamentándome solo de no ser más guapo y más rico. Pero ahora vamos a cenar algo, ya pensaremos después en el Turista.

Pietro le señaló los rótulos apagados de bares y tiendas.

—¿Dónde? Ya sabes que Venecia duerme a estas horas.

—Donde las tetonas, en la calle Dell'Ogio, la cocina abre solo por la noche.

—No conozco de nada ese restaurante.

—No me extraña. No es un sitio para moralistas y mojigatos. Esos se quedan en su casa, tristes y solos, dando vueltas en la cama.

DOCE

Stephan Bisgaard, agente del Politiets Efterretningstjeneste, el servicio de inteligencia de la policía danesa, había recibido el encargo de los Profesionales Autónomos, a cambio de una discreta suma todos los meses, de tener vigiladas a las dos mujeres ligadas a Abel Cartagena.

Ocupado en una operación de seguimiento a un pakistaní sospechoso de lavar el dinero de grupos islamistas radicales, les había dado el dato de la partida a Venecia de Kiki Bakker con un retraso de varias horas.

En ese momento, mientras escuchaba las quejas del exagente del Säpo sueco que lo había reclutado, estaba enviando las imágenes de las cámaras de seguridad, donde se veía a la amante de Cartagena en el aeropuerto de Copenhague.

Nada más recibir la información, Macheda, alias Abernathy, llamó a Laurie, seguro de que Kiki Bakker ya se habría puesto en contacto con Abel.

—No —contestó esta, mirando de reojo la erección del asesino, tendido a su lado. La llamada había interrumpido un momento particularmente intenso—. No ha aparecido por aquí y ni siquiera ha llamado.

—¿Estás segura?

La mujer se levantó y consultó la pantalla del móvil de Cartagena.

—Sí.

—Quizá tengamos un problema —dijo Abernathy lanzando una señal de prealarma—. Avísame si tienes noticias suyas.

Laurie se colocó a horcajadas sobre Abel y, moviéndose despacio, lo ayudó a penetrarla.

—No tenemos mucho tiempo —anunció.

—¿Qué ocurre?

—Tu gordita está en la ciudad, igual podríamos proponerle un trío.

Unos veinte minutos más tarde, Macheda contactó con el sargento primero Ermanno Santon, la garganta profunda del mando regional de la Guardia di Finanza, a quien habían corrompido no hacía mucho.

—Necesito información sobre una pasajera del vuelo Norwegian que ha aterrizado esta tarde procedente de Copenhague.

—¿Qué quiere saber?

Macheda tuvo un gesto de exasperación.

—Pues todo lo que no sé, lo que es útil que sepa —contestó cortante.

—Ahora mismo estoy de servicio, pero trataré de liberarme.

—Se lo agradecería mucho —concluyó el exagente—. Encontrará un sobre con los datos en el interior de su coche.

Santon se estremeció. Esa gente era capaz de llegar a cualquier parte, y así se encargaban de subrayarlo. Argumentos más que convincentes para no perder tiempo. Llamó a la puerta del capitán Altobelli y se inventó sobre la marcha una milonga sobre un tipo que trabajaba en la cooperativa que se ocupaba de los equipajes y que quizá pudiera proporcionar información útil sobre una red de tráfico de heroína procedente de Nigeria.

Su superior le hizo un gesto vago de aprobación, no porque lo convencieran las palabras del sargento primero, sino más bien para quitárselo de encima. Santon nunca le había gustado, era candidato al traslado a raíz de la desaparición de casi dos mil euros de una suma incautada en un almacén chino. Altobelli había tirado de contactos en el ministerio para que fuera destinado a Lampedusa, donde no abundaba el dinero contante y sonante.

En el habitáculo del utilitario flotaba un fuerte olor a loción de afeitado, el único rastro que había dejado el hombre que con gran habilidad había desconectado la alarma. Santon encontró el sobre debajo del asiento. Contenía una fotografía de una mujer gruesa andando por la calle y una hoja con los datos que sobre ella constaban en el registro civil.

Cuando llegó al aeropuerto preguntó inútilmente por ella a sus colegas y a los miembros de otras fuerzas del orden. No habían practicado detenciones, había sido una jornada particularmente tranquila. El sargento primero controló la hora de llegada en la pantalla y se resignó a ver las imágenes de las cámaras de seguridad de la terminal de llegadas. En un momento dado reconoció a Kiki Bakker, que arrastraba una pequeña maleta con ruedas, pero no a la mujer que salió a su encuentro. Buscó la misma escena filmada desde otro ángulo y solo entonces se percató con estupor de que se trataba de la macizorra de la subjefa Basile, de la policía nacional.

Comprobó las imágenes del exterior y, cuando vio a las dos mujeres dirigirse al muelle de los taxis, comprendió que podía proporcionar una información de indudable valor, pues la funcionaria se había comportado de manera anómala y contraria a todos los procedimientos.

Santon sustituyó la tarjeta SIM del móvil por la que lo ponía en contacto directo con el hombre al que él conocía como el señor Mario, pero que en el registro civil constaba como Andrea Macheda.

Se mostró prolijo en la descripción de los hechos porque se entretuvo en poner de relieve la dificultad de la investigación y su mérito a la hora de resolver todos los problemas. Macheda escuchó con paciencia y luego le pidió que volviera a narrarle lo sucedido de manera más sucinta.

Nada más terminar la comunicación, Macheda sacó y destruyó la tarjeta del móvil. Ya no recurrirían más al zoquete del sargento primero Santon. Aunque había sido capaz de descubrir una verdad importante, no era en absoluto de fiar. Su traición era achacable solo al hecho de que era un hombre mediocre, mientras que el engaño es un arte que requiere inteligencia, fantasía y abnegación.

Apenas hubo tirado a la papelera los minúsculos trocitos de tarjeta, se concentró en Kiki Bakker y en Tiziana Basile.

Ya no se trataba de resolver un problema, sino de afrontar una auténtica crisis.

Tarde por la noche contactó por FaceTime con quien desde siempre era el alma y el cerebro de los Profesionales Autónomos: Martha Duque Estrada. Había dirigido varios años las operaciones en Europa de la Agência Brasileira de Inteligência. En esos tiempos era una persona apreciada que gozaba del respeto de las agencias inglesas y americanas. Pero tiempo después se había negado a participar en una conspiración urdida contra su propio Gobierno por los potentados de siempre, que seguían enriqueciéndose a base de explotar los ingentes recursos del país, privándolo del progreso al que tenía derecho. Para castigarla, sus enemigos habían recurrido a esos servicios de inteligencia con los que siempre había colaborado. Una trampa en la que había caído sin sospechar nada, y que había costado la vida a seis de sus mejores agentes. Tras las dimisiones, había encontrado refugio en la bebida y en el sexo. Haciéndose pasar por *gigolò*, un hombre había intentado degollarla, pero ella había recelado de él, a causa de sus pésimas dotes amatorias, y había actuado con circunspección. Al ir el joven a meter la mano debajo del colchón, donde tenía escondido el cuchillo, ella lo había golpeado en la cabeza con una botella de Armagnac. Antes de matarlo lo había interrogado y había descubierto que el comanditario era el hombre que la había sustituido al mando de la Agência.

Esa misma noche, Martha Duque Estrada había desaparecido, y al cabo de unos meses habían hecho su aparición los Profesionales Autónomos.

Andrea Macheda había sido de los primeros en sumarse a su proyecto. Como ella, estaba cansado de ese ambiente dirigido por mentes retorcidas y perversas que seguían urdiendo conspiraciones para impedir que el mundo se convirtiera en un lugar mejor, arrollando a su paso a víctimas inocentes.

Estaban convencidos de que prestar ayuda «técnica» al crimen organizado podía socavar el sistema de los servicios secretos, que siempre había sacado provecho de las organizaciones mafiosas como aliados momentáneos o como meros ejecutores.

En realidad, ambos eran conscientes de ser supervivientes aquejados de una forma viral de romanticismo que solo podía desarrollarse en el caldo de cultivo desviado de la intriga, el recelo y la traición.

Macheda encontraba fascinantes sus rasgos mestizos, que dejaban patente que los genes de sus antepasados europeos se habían mezclado con la belleza afrobrasileña. Había probado a cortejarla, pero Martha le había hecho entender con tacto que le gustaban jóvenes y con esa pizca de agresividad que poseen esos hombres que piensan que tienen que saldar cuentas eternamente con las mujeres.

—Tienes buen aspecto —le dijo ella—. Con la barba y el pelo blancos pareces un matemático o un literato.

—Pues me temo que no voy a tener más remedio que cambiar este aspecto con cierta urgencia.

—¿Nuestra operación veneciana no procede como debería?

Macheda enumeró rápidamente los hechos incontrovertibles: la amante de Abel Cartagena estaba en manos de sus enemigos, y daba por hecho que habría contado todo cuanto sabía. No era mucho, pero bastaría para dar con el Turista, al que por ende ya no podían considerar de ninguna utilidad.

El apartamento en el que residía con Laurie ya no era seguro.

Habían identificado a una mujer, con el grado de subjefe de policía, una tal Tiziana Basile, como perteneciente a la estructura secreta que los combatía desde hacía tiempo.

—Y el agente al que debíamos eliminar con la colaboración de la mafia montenegrina se nos ha escapado —concluyó Martha decepcionada—. Tu plan de atraerlo a Venecia asesinando a su mujer se ha revelado profundamente ingenuo.

—Discrepo. Pese a todo, he encontrado una pista que conduce a un colega suyo con el que mantiene contacto de manera bastante estable.

—Pasa el tema a Berlín. Se ocuparán ellos, tú debes gestionar esta crisis. ¿Cómo piensas hacerlo?

—Estamos reaccionando con retraso por culpa de una pésima transmisión de información.

—¿Y?

—Ahora es necesario eliminar al Turista para truncar una conexión peligrosa, evacuar a Laurie, borrando todo rastro de su paso por esa casa, y abandonar la ciudad.

—No abandonaremos Venecia, es una plaza estratégica para nuestros asuntos.

—Podemos volver con más calma más adelante. En este momento no tenemos objetivos inmediatos.

—Te equivocas —replicó Martha Duque Estrada—. Podemos capturar e interrogar a esa policía. No debemos desaprovechar la oportunidad de recabar datos cruciales para nuestra supervivencia.

—No será fácil —comentó Macheda—. Pero podemos contar con el hecho de que ignora que la hemos identificado.

—Y para ello utilizarás de cebo al Turista y a Laurie. Si aún no los han eliminado ni detenido es porque quieren seguirlos hasta dar con nosotros.

—Aun así tendremos que deshacernos de él.

—Mejor de los dos. Laurie también es prescindible.

—Sería una lástima. Es muy disciplinada y capaz.

—La experiencia nos enseña que cuando un psicópata se vuelve demasiado fiable es porque ha encontrado la manera de jugártela. ¿Cuánto hace que no se dedica a su pasatiempo de asesina en serie?

—Un año por lo menos.

—No me lo creo, te la está jugando —lo reconvino ella en tono áspero—. Te has dejado engatusar por ella y no la has tenido controlada.

—No puedo estar en todo, pero pierde cuidado: me libraré de ella.

La mujer cambió de tono y de tema. Macheda era un hombre inteligente, no hacía falta insistir en las críticas.

—¿Tienes hombres suficientes? ¿O necesitas refuerzos?

—Puedo contar con mi equipo al completo.

—Entonces exprime como un limón a esa tía y después haz que encuentren su cadáver descuartizado en la plaza de San Marcos.

—¿Quieres mandar una señal alta y clara?

—Esos malditos burócratas tienen que entender que estamos cansados de sufrir bajas.

Martha colgó sin despedirse. Lo consideraba una pérdida de tiempo. Macheda no se lo tomó a mal, estaba acostumbrado a los modales bruscos y poco educados de quienes ejercían el poder, el de verdad, aquel capaz de decidir sobre la vida y la muerte de los demás.

Pero también era consciente de que Martha lo había dejado con la palabra en la boca porque no estaba satisfecha con su trabajo en Venecia. En realidad, él se había empleado a fondo para que su organización abandonara la ciudad después de que el teniente del GICO, Ivan Porro, eludiera su trampa. Y la razón era el lujoso ático en el que residía en la calle Dello Zuccaro. Mientras Martha quería instalar allí la organización logística, él por el contrario quería mantener al grupo lejos de la laguna. Ese piso lo habían adquirido los servicios secretos italianos hacía cerca de veinte años. Luchas internas, maquilladas como reformas, habían desmembrado varias veces a la inteligencia italiana, y alguien había aprovechado siempre para llevarse algún recuerdo como finiquito. Él había logrado ocultar a todo el mundo, incluida su organización, la existencia de ese inmueble, parte de una pequeña red de pisos francos de gestión privada, en el que pensaba refugiarse cuando las cosas se pusieran feas. Porque estaba seguro de que ocurriría así, como estaba seguro por lo demás de que también Martha Duque Estrada y otros agentes con más experiencia habían procedido de la misma manera que él.

Por este motivo no le satisfacía en absoluto que se prolongara la operación veneciana.

Pero ahora no podía permitirse pasos en falso ni errores de cálculo. Los Profesionales Autónomos eran una organización multinacional, y como tal debía calcular pérdidas y beneficios. La diferencia radicaba en sus métodos de despido.

Durmió unas horas antes de llamar a Laurie.

—Te invito a un café —se limitó a decirle. El significado era más complejo: dentro de treinta minutos en el bar del hotel Negresco. Sola. De no ser así habría utilizado el plural.

—¿Quién era? —quiso saber Abel.

—Abernathy —contestó Laurie—. Tengo que verme con él.

Saber que su gruesa amante estaba en la ciudad había despertado su curiosidad. No alcanzaba a entender qué había sido de ella. Laurie había tratado de proporcionarle una serie de hipótesis sensatas: se había alojado en un hotel, le habían perdido el equipaje, no se atrevía a verlo…

Cartagena había llamado a su casera, pero Carol Cowley Biondani no tenía noticias de «esa pobre muchacha», y se cuidó mucho de contarle que la había llamado para ponerla al corriente de su traición.

«Que se arreglen entre ellos», pensó la arpía colgando el teléfono.

El Turista observó a Laurie vestirse y maquillarse.

Le gustaba. Y mucho, pese a que de vez en cuando volviera a su mente la idea de matarla. El sexo con ella era divertido y lo satisfacía. Se captaban al vuelo, y cuando uno de los dos necesitaba sincerarse o desfogarse, podía hacerlo con la mayor tranquilidad.

Durante los primeros días de convivencia habían tratado de manipularse mutuamente, para renunciar poco después. Entre ellos funcionaba la espontaneidad. En la naturaleza de ambos, la sinceridad no tenía cabida, y aunque fueran unos mentirosos crónicos, había logrado un equilibrio, una especie de territorio común en el que eran capaces de encontrarse.

—¿Te ha dicho por qué quiere verte? —le preguntó.

Laurie soltó una risita divertida.

—En el mundo de los espías, el teléfono sirve solo para fijar citas, ¿es que aún no lo sabes?

—A lo mejor quiere hablarte de Kiki.

—Quizá.

—¿Sabes lo que me parece de verdad extraño?

—Que todavía no te haya llamado —adivinó ella, calzándose un par de sandalias con una gruesa suela de goma—. El problema no es dónde está, sino cómo te las apañarás cuando se presente aquí y descubra que practicas sexo duro con una mujer guapísima.

—Ya he pensado en ello —replicó Abel—. Kiki es una chica sensata y hará lo que yo le diga, no supondrá un problema.

—Llegado el caso podría «ocuparme» yo de ella —lo provocó.

—Te gustaría, ¿verdad?

—En principio sí. El problema surge después: deshacerse de un cadáver de esas dimensiones puede ser un marrón —contestó con semblante serio.

Abel comprendió que ya había acariciado la idea y fantaseado con el homicidio de su amante. Le pareció excitante.

—Si llama, avísame enseguida —le pidió mientras vigilaba que Abel se tomara las pastillas—. Y sobre todo no la busques bajo ningún concepto. Atente a las órdenes.

Abel espió desde la ventana, mirándole el culo a Laurie hasta que desapareció de su vista. Después llamó a Kiki. El móvil sonó largo rato, pero no hubo respuesta.

Abel la conocía bien. Mejor que bien. Y estaba tan seguro de que había ocurrido algo extraño como de que Abernathy estaba al tanto de todos los detalles de lo sucedido.

El presumido le había ordenado a Laurie verse fuera del apartamento porque no quería que él descubriera la verdad. Pero Abel se repitió que él no estaba hecho para someterse a la voluntad ajena.

Cuando de joven había elegido abandonarse a los demás y someterse, su vida se había convertido en un infierno.

Por eso tecleó un mensaje dirigido al número de móvil de Kiki: *Responde o llama. Seas quien seas.*

Esperó unos minutos y luego llamó por segunda vez.

No hubo respuesta. Pero casi enseguida recibió un sms: *Hablaremos cuando sea el momento. Kiki.*

Abel Cartagena sonrió y contestó al mensaje pronunciando las palabras en voz alta: *Cuando quieras, «Kiki».*

Fue al dormitorio a mirarse al espejo. En ese momento sentía la necesidad de confirmar sus sospechas. Lo distrajo el sonido del móvil.

Era su editor. Contestó gustoso, le haría bien distraerse un poco.

TRECE

Sentado a una mesa del local de Checo Vianello, Pietro no estaba seguro de haber actuado bien con el Turista. Cartagena no se había creído que fuera su amante quien había enviado el mensaje, y había querido dejárselo claro. Y este era un dato interesante, que daba que pensar, porque podía tratarse de una primera y tímida señal de que empezaba a abrirse un canal de comunicación. Por otro lado, era un psicópata criminal, y por lo que había leído en su expediente, los perfiladores que habían examinado sus crímenes esperaban poder establecer contacto con él explotando algunos rasgos de su personalidad como el egocentrismo, la verborrea, la necesidad de manipular y la impulsividad.

El paso siguiente sería el de hablarle directamente, sin filtros, pero Sambo todavía no tenía ganas. No era un experto, temía estropear la operación y, en verdad, no tenía ni idea de qué decirle.

Por enésima vez se preguntó por qué Abel Cartagena no había huido junto a la mujer que Caprioglio y él habían visto salir del edificio. El detective la estaba siguiendo ahora, con la esperanza de que los llevara hasta los Profesionales Autónomos. Se encargaba de ello Nello porque tenía más experiencia en seguimientos, años de investigaciones lo habían acostumbrado a espiar discretamente a ladrones, estafadores, amantes clandestinos y fugitivos de todo tipo.

Sambo tomó un sorbo de vino sin muchas ganas. Había tenido una noche agitada que ahora le pasaba factura. Cómplice de ello había sido la comida pesada, aunque exquisita, de ese restaurante al que lo había arrastrado su socio, frecuentado por prostitutas y travestis que trabajaban en los hoteles. Pero sobre todo le había impedido conciliar el sueño la necesaria reflexión sobre su comportamiento. Estaba afrontando toda esa historia de la peor manera posible, cargando con el peso de su fracaso. Tenía que ser capaz de dejarlo a un lado y adaptarse a la realidad, la única que siempre había conocido cuando estaba al mando de la brigada de homicidios, resumida en una frase que se había repetido como un mantra cuando se pasaba de la raya: el nivel del enfrentamiento lo marca el criminal.

Adaptarse al del Turista y de los Profesionales requería implicar y destruir a inocentes como la albanesa y Kiki Bakker.

Decidió concentrarse exclusivamente en su objetivo principal —rehabilitarse y recuperar el trabajo para el que servía— y reflexionó sobre el hecho de que a veces en la vida hay que aceptar compromisos terribles. Selló el pacto consigo mismo con un brindis solitario. Unos minutos más tarde volvió Nello con expresión sombría.

—La has perdido —dijo Sambo.

—Peor. Me ha dado esquinazo —reconoció entre dientes, furioso—. En un momento dado se ha metido en un bar y ya no la he visto salir.

—Una puerta trasera.

—Exacto, junto a los aseos —confirmó el detective—. El dueño me ha asegurado que estaba cerrada con llave. ¿Sabes lo que significa eso?

—Que han estudiado y planificado escapatorias por toda Venecia. No por nada se hacen llamar «profesionales».

—Ya. Temo incluso que no estemos a su altura —comentó cogiendo el móvil—. Mira qué primer plano le he sacado en el *vaporetto*.

—Es guapa.

—Comparto tu opinión, pero ¿no sería buena idea enviarle la foto a alguien que pudiera ayudarnos a identificarla?

—Dispongo de un programa de reconocimiento facial.

—¿Y a qué esperas para utilizarlo?

—No sé hacerlo.

—Yo sí.

—Tengo que pedirle permiso a Tiziana para llevarte a un sitio determinado.

Nello se ofendió.

—¿Lo dices en serio? Esa tía me considera un mercenario de mierda. Tú has perdido la memoria y no recuerdas con quién tratas.

Pietro levantó la mano.

—Estás alzando la voz. Luego Checo tendrá unas cuantas cosillas interesantes que contar a sus amigos *carabinieri*.

—¿Y qué?

—Si lo hace, tendremos que abandonar el puesto —contestó Pietro, señalando el portal del edificio donde vivía el Turista.

—Puede ocuparse Ferrari de la vigilancia.

Sambo pensó que era buena idea y llamó a la subjefa.

—Nos ha dado esquinazo y estamos seguros de que nos ha identificado. Tiene que sustituirnos Simone.

—Ahora mismo lo llamo —dijo esta. Después añadió con voz cansada—: No te lo tomes a mal, Pietro. Para esta clase de operaciones no bastan dos hombres. Estoy deseando que llegue el equipo de apoyo, así dejaremos de fastidiarla.

—Te noto rara. No eres la Tiziana Basile de costumbre, la subjefa de acero —bromeó Sambo.

—El comandante de la Polaria, al que me había preocupado de informar de mi interés por Kiki Bakker, me ha dicho que ayer un sargento primero de la Guardia di Finanza, un tal Ermanno Santon, preguntó por ella en el aeropuerto y vio las grabaciones de las cámaras de vigilancia —explicó la policía—. He hablado con el coronel Morando, a quien he tenido que poner al corriente de que no trabajo solo para la policía nacional, y me ha confiado que el suboficial actuó por iniciativa propia y que es sospechoso de robo.

—Ahora también está a sueldo de los Profesionales Autónomos.

—No hay otra explicación plausible. Eso significa que me han identificado y que saben que hemos descubierto la identidad del Turista.

Pietro sintió un escalofrío de miedo, no por sí mismo, sino por Tiziana.

—Tienes que ocultarte.

—No puedo.

—Dormirás en mi casa.

—Solo si follamos.

—Déjate de bromas.

—No bromeo. Te necesito.

Él se rindió.

—De acuerdo, pero tienes que utilizar a Simone de guardaespaldas.

—¿Y el Turista? ¿Y la mujer misteriosa?

—Que les den. Ya se ocupará de ellos el equipo de apoyo —replicó—. Mientras tanto nosotros vamos por ese cabronazo corrupto.

—¿Piensas que es buena idea?

—Tenemos que contestar a cada golpe.

Tiziana Basile reflexionó unos instantes. Pietro la oía respirar, y en ese momento pensó que le habría gustado besarla.

—Voy a avisar al coronel —dijo ella antes de colgar.

Pietro miró a Nello Caprioglio.

—Tenemos algo más urgente de lo que ocuparnos.

Morando le estrechó la mano al detective de los hoteles sin disimular su sorpresa.

—Nunca habría pensado que también tú trabajaras para los «primos» —dijo—. Y estaba convencido de que Sambo había sido inhabilitado de todo cargo público, que tendría vetado incluso trabajar para quienes, por el secreto de las operaciones, no se andan con muchos miramientos. Siempre que toda esa historia del juicio no fuera una puesta en escena.

El coronel del GICO parloteaba, tratando de obtener respuestas que no llegaban. Los dos hombres que tenía sentados delante lo escuchaban sin pestañear.

Al final se cansó.

—¿Qué queréis?

—Hablar con el sargento primero Santon —contestó Pietro—. En su presencia, obviamente.

—Por lo del aeropuerto, me imagino —dijo el coronel.

—Entre otras cosas.

—Queda claro que haré el uso que impone mi grado de cualquier información que se ponga en mi conocimiento en esta habitación.

—Le agradezco que haya hecho hincapié en la oficialidad de esta conversación —replicó Pietro, que había ido preparando sobre la marcha una versión llena de intuiciones y de medias verdades que al coronel pudiera resultarle creíble.

Un par de minutos más tarde entró Santon. Era un hombre de mediana estatura, algo fofo y con el cabello mucho más corto de lo que imponía el reglamento.

Morando le indicó que se sentara.

—Responde a sus preguntas.

—¿Y eso por qué? Yo a estos dos los conozco bien, y no tienen autoridad ni para pedirme la hora.

—Eres un corrupto y un traidor —dijo Sambo tranquilamente—. Tenemos pruebas.

—¡Mira quién fue a hablar! ¿Y qué sabrás tú de pruebas, si ya no eres nadie? —se defendió el sargento primero sin ganas, tanto que no resultó creíble.

El excomisario se dirigió al coronel.

—Él informó sobre Alba Gianrusso a los sicarios de la mafia montenegrina. Tenía que darles cuenta de los movimientos del marido en Venecia, y ayer vigiló, para este mismo grupo criminal, los de una mujer extranjera que mantiene una relación sentimental con uno de los asesinos.

Morando se levantó de un salto, pálido.

—¿Estás seguro? —le preguntó a Pietro.

—Completamente.

—Acabarás en la cárcel de por vida —dijo el coronel entre dientes dirigiéndose al suboficial.

—Igual sale un poco antes si colabora —intervino Nello, enseñando a Santon la foto que le había sacado esa mañana a la mujer que compartía casa con el Turista.

El sargento primero negó con la cabeza.

—No la he visto nunca. Solo he tenido contacto con un hombre de barba y cabello blancos. Una vez en persona y después ya siempre por teléfono —se apresuró a confesar.

Esta vez fue Pietro quien le mostró una foto.

—Sí, es él. Es el señor Mario.

—Mario ¿qué más? —preguntó Morando.

—No es su verdadero nombre —explicó el excomisario, que no podía desvelar la identidad de Andrea Macheda—. Pero es el jefe del grupo que busca eliminar a su teniente.

Santon entendió que era el momento de hablar. Les entregó la tarjeta SIM que utilizaba para comunicarse con los Profesionales Autónomos y contó con todo detalle lo poco que sabía.

El coronel del GICO estaba disgustado, profundamente abrumado de que fuera un hombre de su cuerpo quien hubiera causado la muerte de la esposa de un agente infiltrado. Llamó a un par de hombres y les ordenó que llevaran a Santon al calabozo.

—Ahora tengo que poner al corriente de esto a la fiscalía.

Pietro se levantó y Caprioglio lo imitó.

—Nosotros somos los confidentes que le han proporcionado la pista necesaria —dijo, para sugerirle una línea de actuación—. Y no puede disponer de la foto del «señor Mario».

Morando asintió. Había entendido hasta dónde podía llegar con el fiscal.

—La investigación sobre el número de teléfono es de nuestra competencia —dejó claro—. Sabemos que no llevará a nada, pero algo tenemos que exhibir.

—Queda el problema de los medios de comunicación —añadió el excomisario—. No podemos permitirnos dar la cara.

—Nosotros tampoco —replicó Morando—. Nos es imposible desvelar el telón de fondo del homicidio de Alba Gianrusso. La investigación seguirá siendo secreta, a Santon lo incriminaremos por otros delitos. A él también le conviene estarse calladito. Menos mal que ya está entre rejas la albanesa y los periodistas piensan que se ha cerrado el caso.

Pietro no estaba de buen humor.

—Ese Santon era un don nadie, no tiene ni zorra idea de nada —se quejó entre dientes mientras se abrían paso a través de un grupo compacto de fieles polacos que se dirigían a la basílica de San Marcos.

—Pero lo hemos quitado de en medio —le recordó Nello.

—Espero que tengamos más suerte con la tipa que te dio esquinazo. Tenemos que ir a un apartamento en Sacca Fisola.

—¿De quién es?

—«Nuestro», es una base operativa en toda regla —contestó Sambo—. Lo llevaban dos tipos majos, un francés y un español, que desaparecieron de repente, dejando solo un par de rastros de sangre en una habitación de la pensión Ada.

—¿Quieres meterme miedo? —preguntó el detective.

Pietro se encogió de hombros.

—Solo te pongo al corriente de algunos datos que estimo necesario que conozcas.

—Sí, pero es la hora a la que la gente normal se sienta a comer, y los únicos temas de conversación que te permito son las mujeres y el Reyer.

—No sigo el baloncesto.

—Pues entonces solo hablaremos de mujeres. Bueno, lo haré yo, porque tú quieres seguir castigándote, negándote ese placer.

—No siempre.

—Imagino que con esta frase sibilina te refieres a Tiziana Basile, pero se ve a la legua que es demasiado mojigata para permitirse polvos tórridos.

Pietro se sentía incómodo porque estaba de acuerdo con él.

—No pretenderás que hable contigo de esto, ¿no?

—No, pero te vi anoche en Dalle tettone, no levantabas la vista del plato para no dejarte tentar por la concentración de tías que teníamos alrededor.

—Tú en cambio no perdiste detalle.

—Tienes razón, y al final *me uní carnalmente,* no sé si captas el sentido de mis palabras, con la más guapa del local.

—¿Y quién es?

—No debería decirlo porque soy un caballero pero, dado que arriesgamos la vida juntos, te diré que la señorita de marras se llama Betta.

—¿Quién, Betta la Tetona? ¿La más joven de las dos dueñas del restaurante?

—La misma.

—¿Y cuánto llevas con ella?

—Poco tiempo, por desgracia. He tenido que esperar pacientemente a que me hiciera hueco en su corazón y en su cama.

—Si no recuerdo mal, tu mujer es más bien celosilla.

—Una santa mujer que me engaña regularmente desde hace años. Pero yo no la abandonaré jamás. Nos llevamos bien.

Sambo pensó con dolor en Isabella y se le pasaron las ganas de bromear. Nello lo entendió y se calló. Caminaron en silencio hasta la taberna de Checo, donde encontraron a Simone Ferrari devorando un plato de callos.

—Pero, ¿no tenías que proteger a Tiziana? —preguntó Pietro preocupado.

—Sí, hemos quedado en que me llamará antes de salir de la comisaría —contestó el exinspector invitándolos a sentarse.

—¿Alguna novedad sobre nuestro amigo? —preguntó Caprioglio, refiriéndose al Turista.

—Ninguna.

—¿Y ha vuelto la tipa que lo acompaña?

—¿La que te ha dado esquinazo? No lo sé. He llegado hace un par de horas y no he visto a nadie —dijo Ferrari con una sonrisa arrogante.

El excomisario aprovechó el almuerzo para observar a Simone. No había tenido ocasión de conocerlo bien, por lo que ignoraba por completo qué clase de persona era. Se había mostrado afable y simpático, aunque manteniendo las distancias. Probó a hacerle preguntas personales, pero el agente secreto levantó un muro inexpugnable.

Una actitud profesional que debía de ser bien apreciada, comentó después Nello mientras cruzaban en *vaporetto* el Gran Canal.

Tenía razón, pero Pietro estaba acostumbrado a la camaradería de la policía, de la que seguía sintiendo nostalgia.

Comprobó el móvil de Kiki Bakker. Había recibido muchos mensajes y llamadas, pero el Turista no había vuelto a dar señales de vida. Estuvo tentado de poner a Caprioglio al corriente del intercambio de sms con Abel Cartagena, pero no estaba de humor para aguantar críticas o sermones. Seguía preocupado por Tiziana. Deseó con toda su alma que Simone Ferrari estuviera a la altura de la tarea que le habían encomendado.

El apartamento de Sacca Fisola apestaba a cerrado y a humedad, y el calor era sofocante. Pietro abrió las ventanas para ventilar, mientras Nello trataba de acceder al programa de identificación facial.

A media tarde, una masa compacta y ominosa de nubarrones negros y grises oscureció el sol anunciando un violento temporal. Pero el cielo no parecía decidido a descargar rayos y truenos.

Las primeras gotas, grandes y pesadas, empezaron a caer justo cuando el programa reconoció e identificó el rostro de la inquilina del Turista.

Caprioglio se reunió con Sambo, que mataba el tiempo en la otra habitación limpiando un par de pistolas.

—Ya la tengo.

En la foto, que ocupaba un cuarto de la pantalla, se la veía varios años más joven, pero no había duda de que era ella.

Se llamaba Zoé Thibault, nacida en Sherbrooke, ciudad canadiense situada en el extremo sur de Quebec, en junio de 1979.

En su ficha se leía que había tenido una historia familiar complicada y una vida escolar plagada de suspensos y de cambios de centro. Después se había alistado en la Sûreté y había sido destinada a los alrededores de Maniwaki, en una zona habitada por nativos donde desde hacía tiempo se venían denunciando abusos por parte de las fuerzas policiales. Contaban los rumores que acostumbraban a cargar en los coches patrulla a una o dos personas a las que llevaban a hacer lo que llamaban un «Starlights Tour», que consistía en abandonarlas en medio de la nada en pleno invierno.

Algunos se dejaron la vida, y los medios se habían hecho eco. Después habían aparecido cadáveres torturados y golpeados hasta la muerte, con señales evidentes de violencia sexual.

Zoé había sido investigada junto con su compañero de patrulla, Ignace Gervais, tras una serie de testimonios cruzados, pero los investigadores, ocupados en sofocar un escándalo que corría el riesgo de acabar con unas cuantas carreras, los habían absuelto, obligándolos a presentar su dimisión.

El error había consistido en redirigirlos a prestar servicio en un centro penitenciario de Montreal. Al cabo de un par de meses un preso había sido asesinado, con un *modus operandi* idéntico al de los crímenes de Maniwaki, pero el interno, miembro de la banda de los Ángeles del Infierno, era tan odiado por los guardias y por la dirección del centro que habían despachado el crimen como un ajuste de cuentas entre bandas rivales.

Después le tocó el turno a un nativo de la tribu de los chipewyan, que no obstante atrajo la atención de los periodistas, por lo que las investigaciones fueron más rigurosas. Mientras el cerco se estrechaba alrededor de los dos expolicías de la Sûreté, los Ángeles del Infierno se vengaron, ordenando su apuñalamiento en dos secciones de la cárcel. Zoé tuvo suerte y salió ilesa gracias a su rapidez de reflejos y a la fuerza con la que golpeó con la porra la muñeca del hombre pagado para matarla. Ignace Gervais, en cambio, recibió veintiséis puñaladas y falleció antes de que llegaran a socorrerlo.

Aislaron de inmediato a la mujer. Todos los presos la consideraban una asesina, por lo que no sobreviviría a otro ataque.

Al final la policía decidió acusarla del homicidio del nativo, pero alguien la avisó, y cuando fueron a detenerla encontraron solo una irreverente nota de despedida.

Desde entonces se la buscaba entre los asesinos en serie más peligrosos. Según la Policía Montada del Canadá, lo más probable era que se hubiera refugiado en la zona subártica, donde era más fácil encontrar víctimas entre los nativos, sus presas favoritas.

—Y así siguen, buscándola en la tundra —suspiró Pietro.

—Estos chalados de los Profesionales Autónomos reclutan a la peor escoria —comentó Nello impresionado.

—Que para nuestra mala suerte resulta, no obstante, ser tremendamente útil y eficaz —añadió Sambo—. Esta tal Zoé prefiere actuar en pareja, por eso la han puesto con el Turista.

—Supongo que habrá que abatirla junto con su nuevo amiguito.

—Por el bien de la humanidad. No existe tratamiento capaz de quitarles a estos sujetos el deseo de eliminar al prójimo.

CATORCE

Laurie necesitaba estructurar los argumentos del discurso que tenía que soltarle a Abel. Abernathy se había mostrado claro y paciente, pero a ella le resultaba un poco complicado distinguir los matices. Se fue a tomar un café y un *whisky* en la taberna de Checo, precisamente. A esa hora había pocos clientes, todos hombres. También era culpa de la lluvia, que sacudía la ciudad como si fuera una alfombra llena de polvo. Los parroquianos la miraron y soltaron comentarios en voz alta. No del todo vulgares, pero sí marcadamente apreciativos. Solo uno no levantó los ojos del crucigrama, y ella lo identificó enseguida como uno de los que perseguían al Turista y, por consiguiente, también a ella, según le había dicho poco antes Abernathy.

Le sacó una foto con el móvil y luego lo miró de reojo varias veces para grabarse sus rasgos y poder reconocerlo aunque alterase su aspecto. Cuarenta años o algo menos, estatura mediana, pies pequeños, cliente habitual de gimnasio, nariz ligeramente aguileña, ojos claros, cabello algo largo en la nuca. Lo miró con atención para tratar de adivinar si iba armado y cuando apartó la mirada se cruzó con la suya. Un segundo nada más, pero bastó para que los dos supieran que se habían descubierto mutuamente el juego.

Laurie pagó y, ya en el umbral, sonrió descaradamente al tipo, esperando tener ocasión y tiempo para divertirse con su cuerpo y contemplarlo morir.

Nada más entrar en el portal le envió a Abernathy el primer plano del desconocido y el nombre del local desde el que controlaba el edificio, dando por sentado que también él estaría avisando a su gente. El procedimiento era siempre el mismo para todo el mundo.

Abel acogió su regreso con ostensible indiferencia.

—Estoy terminando mi investigación sobre Galuppi, mi editor me ha metido un poco de prisa —le explicó mientras seguía copiando apuntes de un grueso bloc con la cubierta de cuero rojo.

—Me parece que será tu última publicación —dijo ella sopesando las palabras.

—¿Qué quieres decir? —preguntó Abel fingiendo no haber comprendido aún la gravedad de la situación.

—¿Todavía no lo has entendido?

—¿El qué?

—Saben quién eres —contestó ella en tono tranquilo, como le había recomendado su jefe—. Ayer interceptaron a Kiki y se la llevaron no sabemos dónde. No cabe duda de que habrá contestado a todas sus preguntas, por lo que ahora tienen la certeza de que eres el Turista.

—Pero no se trata de la policía, porque si lo fuera ya habría irrumpido aquí dentro, y tú y yo estaríamos esposados.

—No, tu identificación aún no es oficial porque nuestros adversarios nos están utilizando a ambos para llegar hasta los otros miembros de la organización.

—Quieren eliminarnos, ¿verdad?

—Abernathy dice que es una batalla por la supervivencia. Gana quien permanece con vida.

—Entonces ¿por qué esta valiosa investigación debería ser mi última publicación?

Laurie lo miró incómoda y trató de recuperar el control de la situación con calma.

—Mientras nosotros hacemos de cebo, Abernathy y los demás se ocuparán del enemigo. Después abandonaremos Venecia, pero tú no volverás nunca más a casa con tu mujercita, cambiarás de nombre, de país y puede que hasta de continente. Abernathy me ha dicho que no es la primera vez que te enfrentas a algo así.

—Y tanto, sé lo que eso significa, aunque la última vez fue hace varios años. Me ha costado mucho llegar a ser el célebre musicólogo Abel Cartagena, y la perspectiva de pasarme el resto de la vida sin esta identidad no me gusta en absoluto.

—En un momento dado, cuando tengas dinero suficiente, podrás apartarte de la organización, instalarte en un sitio que te guste y empezar una vida tranquila. Según parece, con la edad los psicópatas criminales nos volvemos menos activos.

—¿Cuánto hace que estás en busca y captura?

—Tres años y pico.

—¿Y te gustaba tu vida de antes?

—Era una mierda —contestó con franqueza.

Abel sonrió.

—¿Ves? Tú has salido ganando al conocer a Abernathy y sus socios. A mí, en cambio, no me conviene en absoluto estar con ellos.

—No creo que ahora mismo tengas alternativa.

—Aún es pronto para saber eso.

—Si les cuento lo que acabas de decir, acabarás mal.

—¿Y vas a hacerlo?

—No.

—¿Por qué?

—Me gusta estar contigo.

—Quizá a mí también. Aún no lo sé —dijo Cartagena levantándose y acercándose a la mujer—. Follas bien y eres simpática, pero aún no te he visto matar.

—Ya te lo he dicho, todavía no confío en ti.

—Y yo no confío en Abernathy.

—¿Qué quieres decir?

—A los cebos se los comen siempre, no se salvan nunca si el pez muerde. La única manera de salvarse es soltarse del anzuelo antes de que sea demasiado tarde.

—Te recuerdo que yo estoy aquí contigo, y en el local de enfrente ya hay un tipo apostado.

—Yo soy el último en llegar —resopló Abel—. Nadie me ha buscado, mi único error ha sido la mujer que me acompañaba, y por eso me han capturado. Si aún no me han eliminado es porque mi *modus operandi* podía llevar a engaño a la policía italiana. Pero el plan ha fracasado estrepitosamente.

—Por favor, no empieces otra vez a quejarte de que el homicidio no te ha sido atribuido —lo interrumpió Laurie con un gesto implorante.

El Turista negó con la cabeza.

—No. Solo quiero que entiendas que soy prescindible. En todo momento. Igual que tú.

Ella hizo una mueca de perplejidad, como si fuera la primera vez que pensaba en esa posibilidad.

—¿Por qué? Ellos fueron a buscarme y me adiestraron.

—Como a un soldado al que no le cuesta matar —replicó Cartagena—. Eres una psicópata, nunca confiarán del todo en ti y no te protegerán jamás como a una de los suyos porque eres diferente.

—Chorradas. Estás tratando de manipularme, pero yo también sé jugar a ese juego.

—Cuando me pararon, un instante antes de que pusiera la mano sobre la víctima más hermosa con la que me había cruzado jamás, Abernathy me soltó un discurso sobre la diferencia que existe entre nosotros y ellos en la forma de matar. En ese momento yo no estaba lúcido, pero estos días he vuelto a pensar en el tema «nosotros» y «ellos». Nos perciben como sujetos conflictivos. Y lo somos.

Laurie se encogió de brazos y sonrió.

—¿Te gustan las películas de vampiros?

—¿Los de los colmillos afilados que chupan la sangre de noche?

—Yo sigo un par de series de televisión, y de vez en cuando los más sabios de la pandilla se reúnen para hablar de su relación con los humanos. Pareces uno de ellos.

Abel se sentía a punto de ofenderse, pero después se preguntó adónde querría llegar Laurie.

—¿Te gusta el sabor de la sangre? —la provocó.

Ella le siguió el juego.

—Me gusta lamerla.

—Pero así dejas rastro de tu ADN.

—Nunca lo han descubierto.

—Si estás en busca y captura significa que algún error habrás cometido.

—Yo no, pero Ignace, mi socio, sí. Por suerte lo mataron, no tenía estilo y se veía venir que iba a acabar mal —explicó tras un largo suspiro—. Pero siempre le estaré agradecida por haberme hecho entender mi verdadera naturaleza. De no ser por él, yo aún estaría en ese agujero, haciéndome pajas y sin atreverme a ser «creativa».

—De modo que te gusta divertirte en pareja.

—Si no fuera así, ¿por qué te lo habría contado?

—Nunca lo había pensado.

—Porque no habías conocido a alguien como yo.

—Y nunca habría pensado que eso ocurriría.

Abel se dio cuenta de que nunca habían hablado tanto. En ese momento sonó el móvil de Laurie. Era Abernathy.

Esta contestó y escuchó en silencio.

—Estoy operativa, tengo que irme —dijo sacando la pistola de su funda.

—¿Y el tipo que nos espía?

—Se ha movido, lo están vigilando.

—Y yo tengo que quedarme aquí. Como ves, no me consideran útil.

Ella no le hizo caso.

—Acuérdate de tomarte las pastillas.

—Matan la «creatividad» —objetó Cartagena.

—Pero te salvan la vida.

El Turista esperó a que pasara bajo la ventana. Le gustaba su manera decidida de contonearse al andar. Después se quedó mirando a los viandantes, esperando ver mujeres y bolsos.

Pero ninguna se acercaba siquiera a la perfección de la víctima que le habían impedido estrangular. El presumido le había prometido que se la servirían en bandeja de plata, pero mientras tanto seguían atiborrándolo a pastillas.

Una prueba más de que, una vez cumplido su papel de cebo, se desharían de él metiéndole una bala en el cuerpo. A Abernathy y a sus socios no les convenía que lo detuviera la policía y pudiera contar una historia interesante sobre cierta organización de espías.

Cogió el móvil y envió un mensaje al número de Kiki: *Hablemos.*

La casa estaba sumida en el silencio y, conforme transcurrían los minutos, a Abel ese silencio se le hacía más insoportable. Entonces, de repente, una voz angelical del Coro del King's Collage de Cambridge cantó *In ecclesiis benedicite Domino. Alleluia,* con la música de Giovanni Gabrieli. Era la melodía que Kiki había elegido para anunciar sus llamadas.

El Turista contestó.

—Hola, Abel —dijo una voz masculina en italiano.

—¿Hablas inglés?

—Algo.

—¿Quién eres?

—Puedo decirte que no soy amigo tuyo.

—Eso ya lo había entendido. ¿Cómo te llamas?

El hombre vaciló antes de contestar:

—Pietro.

—¿Qué ha sido de Kiki?

—La hemos puesto en lugar seguro mientras tú sigas en circulación.

—No tengo intención de dejarme coger.

—Te pasas de optimista. Ahora que te hemos identificado, no te nos escaparás.

—Mis nuevos amigos pueden ayudarme.

—Venecia es una trampa para las ratas de alcantarilla. Ninguno de vosotros conseguirá escapar.

—Pienso que si te muestras tan agresivo es porque estás nervioso. ¿Te creo algún problema, Pietro?

—Sí, estoy incómodo porque no entiendo el sentido de esta conversación.

—Estoy buscando una solución y barajando distintas opciones, pero me parece que tú estás en un callejón sin salida.

—Te equivocas. Si quieres proponerme un trato, estoy a tu disposición. Supongo que querrás salvar el pellejo y pasar lo que te queda de vida en una cárcel que no sea demasiado dura.

El Turista se echó a reír.

—Qué bromista eres, Pietro. Quiero la inmunidad.

—Eres un asesino en serie, Abel, no podemos permitir que sigas matando a mujeres indefensas.

—Pues yo, en cambio, creo que tus jefes se inclinarían por tomar en consideración mi propuesta, porque puedo ofreceros una contrapartida muy ventajosa.

—¿Como Zoé Thibault, la asesina en serie con la que vives?

Cartagena se grabó la información sobre el verdadero nombre de Laurie y siguió tanteando el terreno.

—Por ejemplo.

—No nos interesa.

—Tengo algo mejor.

—Véndenos a los Profesionales Autónomos, y te prometo un futuro cómodo y sereno en una clínica.

Abel soltó un resoplido.

—¿Pietro?

—¿Sí?

—Que te den —pronunció alto y claro al micrófono antes de pulsar la tecla roja.

Después el Turista se colocó delante del espejo y repitió «Que te den» varias veces y en tonos distintos.

Estaba satisfecho. Tampoco le había ido tan mal. Ese tipo debía de ser un sicario del más bajo nivel en la cadena de mando. Seguro que no era un negociador. Él había leído todo lo que se había escrito sobre el tema, y ese tal Pietro se había equivocado en todo, desde la primera frase. Era un vulgar aficionado.

QUINCE

Sambo se quedó callado mirando el móvil fijamente. Quizá se hubiera pasado mostrándose tan inflexible, pero el Turista tenía que entender que conservar la vida y pasarla encerrado entre cuatro paredes hasta el final de sus días era lo máximo a lo que podía aspirar.

Entonces sonó el otro móvil, el que lo mantenía en contacto con la subjefa Tiziana Basile.

—¿Dónde estás? —preguntó esta.

—En Sacca Fisola.

—Pues quédate ahí a esperar al equipo de apoyo. Después nos vemos en tu casa.

—¿No estarías más segura aquí con los otros agentes?

—Si no me quieres contigo, puedo irme a dormir a mi cama —replicó ella molesta.

—Solo pensaba en la mejor solución.

—Pues desde luego no es estar todos apiñados en el mismo sitio —masculló antes de colgar.

Pietro fue a la habitación donde Nello Caprioglio estaba familiarizándose con los programas de ordenador.

—Ni te imaginas el patrimonio investigativo que albergan estas maravillas de la electrónica —dijo el detective extasiado—. Si yo dispusiera de ellas, podría garantizar la seguridad de toda la red hotelera de la provincia.

—Deja de soñar —lo reconvino Sambo afablemente—. Ahora tienes que irte, van a llegar los «operativos».

—Malos tiempos para los malvados —bromeó Nello iniciando el procedimiento para apagar los ordenadores.

Unos diez minutos después, el excomisario estaba solo. La lluvia había amainado y el aire se notaba mucho más fresco. Se fumó un par de cigarrillos asomado a la ventana, observando cómo el viento movía las nubes y cambiaba el color del cielo, hasta que oyó el timbre, que anunciaba visita.

El primero en entrar fue un italiano de unos cincuenta y cinco años con aspecto cansado, vestido con un traje beis arrugado.

—¿Todo bien? —preguntó con acento de la Apulia—. ¿La zona es segura? ¿Pueden venir los demás?

—Sí —contestó lacónico Sambo.

El desconocido hizo una breve llamada y un par de minutos más tarde entraron cuatro personas más, dos hombres y dos mujeres de entre treinta y cuarenta años. Tenían apariencia de turistas. Llevaban maletas de ruedas con vistosas pegatinas de hoteles y agencias de viajes, vestían ropa deportiva de grandes almacenes y de colores chillones, sombreros panamá y gorritos para resguardarse de la lluvia, e iban calzados con sandalias y deportivas.

Saludaron a Pietro con un gesto y tomaron posesión del apartamento. Entre ellos hablaban francés y español.

El italiano le alargó la mano abierta.

—Las llaves.

Sambo se las entregó, y este le preguntó quién tenía copia.

—Solo la subjefa Basile —contestó el excomisario.

—Puedes irte —dijo el tipo señalándole la puerta—. Nos pondremos en contacto contigo si fuera necesario.

—¿No queréis que os ponga al día de la situación? —preguntó Pietro, pensando en el reciente descubrimiento de la identidad de la cómplice del Turista.

—No es necesario.

Sambo se escabulló del apartamento sin despedirse, con una mueca de decepción. Nunca había soportado la soberbia, pero tenía que reconocer que a menudo él también había tenido un comportamiento arrogante con quienes no formaban parte del círculo estrecho de la brigada de homicidios. Nada más salir a la calle Lorenzetti se topó con Caprioglio.

—Tenía curiosidad —se justificó este—. No he resistido a la tentación de echar una ojeada a esos superhéroes.

—¿Y qué te han parecido?

—Un veterano de los servicios secretos italianos y cuatro muchachotes extranjeros peligrosos.

—Comparto tu opinión.

—Te han dado boleto, ¿verdad?

—Lo sabías, de otro modo no me habrías esperado en la calle.

—Digamos que me lo olía —masculló Nello—. Y te han dicho que estés disponible.

—Exacto, pero espero no tener que tratar más con estos quinceañeros. Nuestro enlace sigue siendo Tiziana Basile.

Caprioglio hizo el gesto de fumar. Quería un cigarrillo, y Pietro se lo dio.

—Pensaba que lo habías dejado hace tiempo.

—Un fumador de verdad no lo deja nunca —filosofó el detective—, porque hay momentos que exigen que se celebre el ritual.

—¿Y ahora qué celebras?

—La perplejidad.

Pietro hizo un gesto de impaciencia y lo mandó a paseo con una frase vehemente en dialecto.

Nello no se inmutó y prosiguió con su razonamiento.

—Hasta ahora ha habido cuatro víctimas: dos mujeres asesinadas por el Turista y los dos agentes vinculados a Tiziana Basile. Solo una se ha hecho pública, la esposa del agente de la Guardia di Finanza, pero la culpa se la han atribuido a una albanesa sin papeles. Ahora, en esta pobre ciudad violada por las quillas de los grandes barcos que oscurecen el Gran Canal a su paso y por un turismo bárbaro, se enfrentan dos organizaciones clandestinas que quieren eliminarse mutuamente. Dentro de poco correrá la sangre.

Sambo lo interrumpió.

—Ve al grano, quiero irme a mi casa.

—Estoy pensando en Venecia —se acaloró Caprioglio—. No está hecha para ser escenario de un enfrentamiento entre bandas. Siempre la hemos defendido para impedir que los malvados echaran raíces aquí. Los hemos echado a todos, incluso jugando sucio, para que la anciana señora pudiera disfrutar en paz de su jubilación. Por eso he aceptado involucrarme en esta historia. Estoy dispuesto a dejarme la piel para que estos señores se vayan a jugar a los espías a otra parte, porque la sangre que corre sobre la piedra de Istria nunca se borra. La mancha queda para siempre.

Pietro le ofreció otro cigarrillo.

—Estos tienden a matarse con discreción —dijo—. Cuando no ponen bombas en bancos o trenes, asesinan, sí, pero luego limpian la sangre. No creo que entre en sus planes llamar la atención ni hacer nada público, puesto que están dispuestos a mandar a la cárcel y al manicomio a personas inocentes. Estoy de acuerdo contigo, tienen que largarse de aquí con viento fresco; pero me has sorprendido, te creía deseoso de que te reclutaran.

—Tienes razón, pero tú, Ferrari y yo somos venecianos, y la subjefa ha elegido vivir aquí. Un grupo de locales contra los «forasteros» malvados. Pero cuando he visto llegar a esos cinco personajes me han dado escalofríos.

—No me extraña. Pero ahora el juego lo dirigen ellos. Nosotros solo estamos de recogepelotas.

—¿Sabes que últimamente te expresas con un montón de frases hechas? —le hizo notar Caprioglio.

Sambo se encogió de hombros.

—¿Y?

—Tienes que andarte con ojo. Por lo general, uno se aferra a las frases hechas cuando no sabe qué decir o cuando está pensando en otra cosa. Y no es el momento.

—Juro solemnemente que reflexionaré sobre el tema —lo cortó Pietro.

Esperaron al *vaporetto* en silencio, la lluvia hacía un ruido infernal al tamborilear sobre la marquesina metálica. Después Nello se apeó en Ca' Tron y desapareció en la oscuridad de una calle, y Sambo prosiguió hasta su casa.

Simone Ferrari estaba cocinando una *carbonara* de pescado. Pietro se estremeció. Salmón, atún y pez espada en dados en lugar de beicon: le parecía una abominación esa moda de poner patas arriba la tradición culinaria sin el más mínimo reparo.

Pero, sobre todo, lo que le disgustaba era ver al agente secreto en su cocina, un espacio íntimo, ligado a los recuerdos de toda una vida.

Se atrincheró tras una barrera de cortesía formal, se sirvió una copa de Manzini blanco Piave de Casa Roma y fue a reunirse con Tiziana, que estaba descansando en el salón.

Se había quitado los zapatos y tenía la falda ligeramente levantada sobre los muslos desnudos.

—¿Qué tal con el equipo, bien? —le preguntó tras recibirlo con una sonrisa.

—Sí. Me han quitado las llaves del apartamento.

—Es pura rutina —dijo ella restándole importancia al hecho.

—¿Y ahora qué?

—Mañana por la mañana me reuniré con ellos. Después entrarán en acción.

—Y ya no haré más preguntas —dijo Sambo, batallador.

Tiziana alargó la mano y se apoderó de su copa.

—Me han «dispensado» de la tarea —anunció en tono cansado—. Han juzgado que mi actitud no ha estado a la altura de la gravedad de la situación.

—No entiendo.

—La excusa es que el Turista y su amiga debían estar en todo momento bajo control, y el hecho de que os dejarais identificar y que os dieran esquinazo denota una escasa eficacia sobre el terreno. La realidad es que también en esta estructura paralela, formada por personal de tres agencias de inteligencia europeas, la envidia, las zancadillas y los golpes bajos están a la orden del día.

—Has perdido a dos hombres —replicó Pietro—. Te preocupó su suerte hasta tener la certeza de que la base de Sacca Fisola era lugar seguro, y después los archivaste como asuntos zanjados.

—No pienso justificarme también por eso —replicó la subjefa—. Estoy cansada de que juzgues cada cosa que hago. He actuado lo mejor que he podido y lo he hecho con poquísimos medios a mi disposición. El equipo de apoyo se retrasó.

—Has cometido un error tras otro —estalló el excomisario—. Lo poco que hemos descubierto se lo debes a Nello Caprioglio y a un servidor.

Ella suspiró. Reclinó la cabeza y cerró los ojos.

—¿Qué te pasa?

—He tratado de adaptarme, de justificarlo todo, incluso mi aversión, pero cuando he entrado en casa y he visto a ese tío en mi cocina se me han revuelto las tripas, y ya no voy a estar contento con nada.

Ella soltó un suspiro aún más fuerte. Estaba decepcionada.

—Pues vaya una explicación, parece más bien un capricho.

—Ya. Pero en el futuro sabré argumentar mejor. El caso es que en toda esta historia hay algo viciado que apesta.

Tiziana se incorporó. Se masajeó los pies y volvió a calzarse. Después se levantó y, pasando junto a Pietro, le puso una mano en la cabeza, introduciendo los dedos entre su cabello.

—Eres un pobre desgraciado. No vales nada —susurró.

Se fue a la cocina, donde Pietro la oyó parlotear con Ferrari, y luego se marcharon los dos.

Sambo encontró la olla con la pasta. Apagó el fuego y se fue a la cama. Lo único que necesitaba en ese momento era oscuridad para confesarse a sí mismo que lo que tanto daño le había hecho no era nada de lo que le había echado en cara a Tiziana, sino la conversación con el Turista. Su voz, sus palabras, su ostentosa tranquilidad al borde del abismo mientras tanteaba la posibilidad de hacer un trato. Cambiar vidas por muerte. Los asesinos de Mathis y César a cambio de las mujeres estranguladas. Macheda a cambio de Abel Cartagena.

Y él se había callado para no ser cómplice de un obsceno mercadeo, porque estaba seguro de que tomarían en consideración la oferta del Turista. En esa parte del mundo donde también las conciencias brillaban por su ausencia no había límites y todo era lícito.

Un par de horas después, la lluvia volvió a transformarse en temporal. Las gotas golpeaban contra las persianas, y a ratos el ruido era intenso y molesto, pero el sonido prolongado del viejo timbre resonó con fuerza en la casa.

Pietro se levantó y se acercó a la puerta arrastrando las zapatillas.

Era Simone Ferrari. Se enjugaba el rostro con un pañuelo empapado en agua y sangre. Tenía la ceja izquierda y el labio partidos. El excomisario pensó que necesitaría algún que otro punto de sutura antes de caer en la cuenta de que debía de haberle ocurrido algo a la persona a la que se suponía que tenía que proteger.

—¿Dónde está Tiziana?

—Se la han llevado —contestó el agente—. Cinco hombres. Tres se habían escondido en el saloncito de popa, y otros dos aparecieron por detrás. Nada más subir a bordo nos han dejado fuera de combate y han huido en la lancha.

—¿Y tú por qué sigues vivo?

A Ferrari se le escapó un sollozo.

—Para que transmita un mensaje de Macheda.

—¿Qué mensaje?

—Sufrirá. Hablará. Morirá.

Un escalofrío atravesó el cuerpo de Pietro con la fuerza de una flecha.

—Te has equivocado de dirección —dijo—. Este mensaje tienes que dárselo a tus socios, los que están en Sacca Fisola. Yo no puedo hacer nada.

—Eres un cabrón —gruñó el agente—. Es todo culpa tuya, si no la hubieras obligado a marcharse, ahora estaría aquí, sana y salva.

—Era tarea tuya protegerla —replicó Sambo—. Y no has sido capaz. Te la han jugado como a un principiante, y ahora me echas la culpa a mí. Lárgate.

—Lo pagarás caro.

—Parece que ese es mi destino —susurró mientras lo empujaba fuera de su casa y cerraba la puerta.

Volvió a buscar refugio en la oscuridad de su lecho. El viento había cambiado de dirección y la lluvia ya no golpeaba la fachada de su casa.

«Sufrirá. Hablará. Morirá». Esas tres palabras le martilleaban en las sienes. La salvación de Tiziana dependía de un grupo de hombres cuyas prioridades y cuyas órdenes ignoraba, pero cuyo desprecio por la vida humana conocía bien.

Tiziana había caído en desgracia, desde luego no era una agente esencial, y lo único que se preguntarían en los niveles más altos de esa estructura superclandestina sería qué daños podrían causar las revelaciones que hiciera bajo tortura la subjefa.

En ese momento nadie sabía dónde la tenían prisionera. El único rastro que podían seguir era la lancha de Ferrari, pero para dar con ella eran necesarios hombres y medios.

Pietro estaba seguro de que el equipo operativo trataría de encontrar a Abel y Zoé para obligarlos a revelar dónde se escondía la banda de Macheda.

Pero sospechaba que eso era precisamente lo que los Profesionales Autónomos querían que sucediera, porque si no ambos ya habrían desaparecido desde hacía días. El hecho de que aún se encontraran en el apartamento de Campo de la Lana significaba que servían para enfocar atención y recursos en una pista que no llevaba a ninguna parte.

Por un segundo pensó en poner al corriente del rapto al coronel Morando del GICO, pero este actuaría según las reglas, y en ese momento estaban excluidas, pues habrían implicado tener que contar verdades que debían permanecer confinadas entre los secretos de Estado.

Pero había otro camino, uno que conducía directamente al infierno. El que hasta hacía un par de horas lo había atormentado y lo había llevado a romper definitivamente con Tiziana porque no quería llegar a ser como ella y sus socios.

Sin embargo, tratar directamente con el Turista era la única posibilidad de impedir que se impusiera la lógica perversa de los espías.

Con enorme esfuerzo relegó a un rincón de su mente la idea de Tiziana prisionera. «Sufrirá. Hablará. Morirá».

Las personas sometidas a tortura siempre terminan hablando. Solo consiguen callar aquello que ignoran. Pero Sambo tenía la esperanza de que no diese enseguida su nombre, porque necesitaba tiempo.

Encendió el móvil de Kiki Bakker. Por la cantidad de mensajes y llamadas perdidas era obvio que muchos se preguntaban qué había sido de ella. Excepto Abel Cartagena.

Le envió un sms: *Necesito hablar contigo.*

Contestó al cabo de unos minutos: *¿En mitad de la noche? ¡Debe de ser muy urgente!*

Sambo lo llamó.

—Hola, Abel.

—Hola, Pietro.

—¿Seguís en el mismo apartamento?

—Sí.

—¿Y eso por qué?

—Se me escapa el sentido de tu pregunta.

—Hace días que os identificamos, y sin embargo no habéis pensado en poneros a salvo.

—¿Estás preocupado por nosotros? Qué detalle por tu parte.

—Creo que vuestros jefes os están exhibiendo. ¿Y sabes lo que significa eso?

—Sí. Pero ¿tienes algo para mí o me has despertado para decirme obviedades?

—Quiero proponerte un intercambio, y la contrapartida es la inmunidad. Para ti y para Zoé Thibault.

—Nada menos. ¿Y yo qué puedo ofrecerte?

Sambo sintió que se le helaba la sangre en las venas. El Turista no sabía nada del secuestro. No le habían informado porque, al sacrificarlo, contaban con que hablaría y diría todo lo que sabía.

—Si no lo has adivinado, quiere decir que no sabes de qué se trata —dijo el excomisario desalentado—. Ya no sirves para nada ni para nadie, pero los que te atrapen aun así te harán sufrir antes de deshacerse de ti. Debería darme algún consuelo, pero lo que yo busco es más importante.

—Somos capaces de obtener cualquier información y de volver a ser competitivos en el mercado.

—Solo sois dos asesinos en serie en el ocaso de vuestra carrera.

—No te conviene truncar este canal de comunicación —replicó el Turista—. Danos otra oportunidad y verás que no te defraudaremos.

—Estáis perdidos. Os quedan pocas horas, siempre que no hayan rodeado ya la casa.

Pietro pulsó la tecla roja con un gesto nervioso, casi histérico. Con el Turista había vendido su alma hasta el punto de ponerlo en guardia, con la mísera esperanza de que, al salvar el pellejo, consiguiera descubrir dónde tenían prisionera a Tiziana.

Se dio cuenta con horror de que Abel Cartagena podía ahora condenarlo a muerte. Esos tipos del servicio secreto no apreciarían su iniciativa de contactar con un asesino en serie, avisarlo del peligro inminente que corría y prometerle un futuro sereno. Su atrevimiento podía costarle una bala.

Usó otro móvil para despertar a Nello.

—Solo tengo malas noticias y probablemente la he pifiado —susurró Sambo al micrófono.

—Voy para allá —dijo Nello.

—Es tu última oportunidad de salir de esta historia.

—Pero eso no es lo que quieres, de otro modo me habrías dejado dormir.

Sambo se sujetó la cabeza entre las manos en un gesto de abatimiento.

DIECISÉIS

Laurie oyó la señal sonora del primer mensaje, seguida de la vibración del móvil de Kiki Bakker que, por lo que ella sabía, tenía que estar apagado y fuera de cobertura.

Abel se había encerrado en la cocina. Ella se ocultó detrás de la puerta, desde donde consiguió escuchar buena parte de la conversación.

Ahora estaba sentada delante de él.

—¿Con quién hablabas?

Él no contestó, pero le hizo a ella otra pregunta:

—¿El nombre de Laurie lo elegiste tú?

—No, es el que pone en el pasaporte falso.

—Deberías haberte cambiado el apellido pero haber seguido llamándote Zoé, que en griego significa «vida». El nombre perfecto para una asesina en serie.

—¿Cómo lo has descubierto?

—Me lo ha dicho Pietro, el tío con el que estaba conversando amablemente al teléfono. Juega en el equipo contrario —contestó—. Abernathy te ha dicho que me habían identificado, pero ha olvidado añadir que también habían llegado hasta ti.

—¿Estás «conversando amablemente» con el enemigo?

—Sí, pero eso te lo contaré luego, ahora tengo una pregunta más urgente: ¿tú podrías apañarte sola, sin la ayuda de Abernathy?

—Sí —contestó convencida—. El único problema de verdad es el dinero. Hace falta mucho, por eso los Profesionales Autónomos solo te dan el estrictamente necesario, para que siempre tengas que estar chupando de la teta de la organización. Si no tienes medios, no escapas de ninguna parte y no te entra la tentación de desertar.

El rostro de Cartagena se iluminó.

—Yo también soy una teta. Bien grande y bien llena —dijo radiante—. Mi madre puso a mi disposición unos ahorros para costearme los procesos judiciales a los que, según ella, seguramente tendría que hacer frente.

—¿Era rica?

—Riquísima, pero sobre todo muy previsora —contestó fingiendo un acceso de nostalgia—. Siempre me ha ayudado a sobrevivir, a adecuar el mundo a mi naturaleza «exuberante». Solía emplear este término con los abogados y los loqueros.

—Entonces siempre has sido un chico malo.

Abel perdió el interés por su propio pasado.

—¿Ha ocurrido algo importante en las últimas horas?

—No que yo sepa.

—La última vez que saliste de este apartamento ibas armada y has dicho que estás operativa.

—He ayudado a Abernathy y a Norman a identificar al tipo que nos tenía vigilados y a seguirlo. Al parecer es un taxista. Nos ha llevado hasta su lancha.

—¿Nada más?

—Nada más.

—Pietro me ha contado que vienen a por nosotros —dijo—. Sostiene que los Profesionales Autónomos nos han sacrificado y nos han puesto de cebo para sus adversarios, y yo me inclino a creerlo porque, como te había anticipado, somos prescindibles.

Laurie negó con la cabeza.

—No forma parte de la política de los Profesionales Autónomos vender a sus agentes. ¿Te das cuenta de la cantidad de información que podría dar si me capturasen?

—¿Y entonces qué es lo que suelen hacer?

—Podar las ramas secas.

—Y, según tú, si las ramas secas fuéramos nosotros, ¿cómo actuarían?

Laurie consultó la hora en la pantalla de su móvil.

—Más o menos dentro de una hora, después de haber comprobado nuestra posición mediante el localizador que nos han asignado, tres hombres abrirían silenciosamente la puerta, llegarían de puntillas hasta el dormitorio, nos dejarían fuera de combate con sus pistolas láser y después nos asfixiarían con bolsitas de nailon. Nada más concluir el trabajo, llegarían otros dos con carritos y baúles.

—Si tú tienes razón, el bueno de Pietro se equivoca —razonó Cartagena en voz alta—. Está convencido de que nos mantienen aquí para poder ocuparse de otras cosas sin que nadie los moleste. Pero en ese caso ¿por qué eliminarnos?

—Para matar dos pájaros de un tiro: por un lado se libran de sujetos inútiles y perjudiciales, y por otro obligan a otros a buscar a personas que ya no existen. Una vana y contraproducente pérdida de tiempo.

—Entonces ocurrirá como has dicho —declaró Abel convencido—. ¿Quieres esperarlos aquí en la cocina o en la cama? Porque yo me largo.

Laurie se mordió el labio.

—Según tú, ¿nos la están jugando?

El Turista hizo un gesto ostensible con los brazos.

—El enemigo tiene la cortesía de llamar para avisarnos, ¿y tú aún tienes dudas?

—¿No me estarás manipulando? No me gustaría que se crearan tensiones entre nosotros justo ahora.

«Tensiones homicidas», pensó Cartagena. Necesitaba a Laurie porque era la compañera perfecta para una vida de fugitivo.

—Ya sabes que siempre trato de convencerte de que de mi boca solo salen sabias palabras. También sabes que me gusta tener el control. Pero aquí se trata de salvar el pellejo. Me doy cuenta de que en este momento estás confusa, son demasiadas las piezas que no encajan en este maldito puzle, pero solo te propongo que nos apostemos fuera a ver qué pasa.

Ella asintió y fue a vestirse. Abel bebió un vaso de agua. Tanta charla le había dado sed. Había aprendido que Laurie era recelosa por naturaleza. Y no le faltaba razón: a fuerza de estar en contacto con indios y presos, dos de las especies menos de fiar que había sobre la faz de la tierra, había aprendido que nunca podía bajar la guardia.

Para manejarla a su antojo, tenía que reconocer querer jugársela y darle la posibilidad de ver su juego. Era obvio que a Laurie nunca se le había dado bien el póquer.

Volvía a llover cuando salieron a hurtadillas del edificio. Estaba previsto que amaneciera poco antes de las seis de la mañana. Según Laurie, los asesinos actuaban hacia las cinco, la hora a la que recomiendan matar a alguien que duerme. Sueño profundo, oscuridad, calles vacías, policías cansados. Se ocultaron al amparo de la lluvia en el portal de un edificio no muy lejos de allí, Laurie abrió la puerta sin esfuerzo con una pequeña ganzúa que llevaba en la mochila.

A las 4:48, tres hombres vestidos de negro y con la cabeza cubierta por pasamontañas entraron en Campo de la Lana. Avanzaban pegados a las fachadas de las casas.

—Norman, Dylan y Caleb —susurró Laurie—. Tenías razón. Ahora más nos vale coger el primer tren y trasladarnos a una ciudad cercana mientras pensamos en cómo reinventarnos la vida.

—Quizá nos convenga quedarnos en Venecia.

—Lo dudo.

—Depende de cuánta información podamos proporcionarle a Pietro. Me ha ofrecido inmunidad. Para los dos.

—¿Y tú te lo crees?

—No. Pero en los tratos siempre se gana algo, y así creerá que no somos capaces de apañárnoslas solos y subestimará nuestras posibilidades.

—No es solo por eso, ¿verdad?

—Quiero vengarme de Macheda y de esos tipos que ahora mismo están penetrando en nuestro nido con intenciones poco cordiales. Y también quiero dejar la firma del Turista. La última, porque después tendré que cambiar de estilo con mi próxima identidad.

—¿Y dónde vamos a escondernos? No podemos ir a un hotel ni alquilar una habitación en una pensión.

—Estoy seguro de que la señora Carol Cowley Biondani estará encantada de hospedarnos unos días en su precioso apartamento de Campo de la Lana.

—¡Esa bruja! —rio Laurie con sarcasmo—. Me parece una idea estupenda.

—Todavía no has contestado a mi pregunta: ¿tenemos algo que ofrecerles?

—Depende de lo que anden buscando.

En ese momento los tres sicarios salieron del edificio. Norman se plantó en mitad de la calle, escrutando la oscuridad en todas las direcciones. Llevaba la cara descubierta y no le importaba la lluvia que seguía cayendo.

Abel pensó que ese hombre le daba verdadero miedo, y esperó conjurar ese miedo con su muerte. Por sí solo nunca habría tenido valor para enfrentarse a él: pero por suerte estaban Pietro y sus socios.

El Turista dio un paso para salir, pero Laurie lo retuvo.

—Espera, ahí viene alguien.

Unos segundos más tarde vieron pasar a una mujer vestida de oscuro. No llevaba paraguas, pero sí gabardina y sombrero de lluvia. Cartagena reparó en que no tenía bolso. No había duda de que pertenecía al grupo de Pietro, el azar había querido que por pocos minutos no acabara en manos de Norman.

La desconocida se paró un momento delante del edificio y movió la mano derecha a un lado y a otro.

—Está filmando el escenario de la operación —explicó Laurie—. Deberían haberlo hecho hace horas. Significa que van con retraso en la organización de la operación. O son unos ineptos, o no tenían personal suficiente en la zona.

La agente se alejó en la dirección opuesta. Abel envió un SMS: *Gracias por el aviso. Nos hemos trasladado, pero seguimos a tu disposición. Dime qué necesitas, Zoé puede ayudarte.*

Ella le tocó el brazo.

—Tenemos que irnos —le dijo mientras metía en un buzón el móvil con el que hasta entonces se había comunicado con Abernathy. Al cabo de unas pocas horas, los Profesionales Autónomos lo localizarían y lo recuperarían, lo que les confirmaría que los dos psicópatas no se habían dejado matar como tontos. La rabia de Laurie ardía bajo las brasas del autocontrol. Pronto se desataría el incendio.

DIECISIETE

Pietro leyó el mensaje en la pantalla del móvil y se lo enseñó a Caprioglio.

—Llámalo —le aconsejó el detective.

—Es un salto al vacío.

—Saltaste la primera vez que lo llamaste. Comprobemos si de verdad puede ayudarnos a encontrar a la subjefa Basile.

Sambo encendió otro cigarrillo para ganar tiempo. Nello había tardado menos de veinte minutos en llegar. Lo había escuchado sin pestañear y se había mostrado dispuesto a hacer lo que fuera por liberar a Tiziana.

—Es una de las nuestras, y haremos las cosas a nuestra manera —dijo.

Tenía las ideas claras. Por suerte. Discutieron largamente todos los pormenores. Ambos sentían el peso de la enorme responsabilidad que estaban asumiendo. Había llegado el momento de actuar.

El excomisario llamó al Turista.

—Hola, Abel.

—Hola, Pietro, has hecho bien en llamarme.

—¿Sigues en Venecia?

Cartagena resopló, irritado por la ingenuidad de la pregunta.

—¿Cómo podemos ayudarnos mutuamente?

—Quizá debería hablar directamente con la chica.

Unos segundos más tarde una voz femenina con un ligero acento francés dijo:

—Sé que conoces mi verdadera identidad, pero prefiero que me llames Laurie.

Sambo pensó que era una voz agradable y que desentonaba con la crueldad de sus crímenes.

—De acuerdo.

—Inmunidad para los dos, ¿no?

—Eso es.

—Qué quieres saber.

—Estoy buscando a una mujer a la que Macheda ha ordenado secuestrar aquí en Venecia.

—¿Macheda? No sé quién es.

—Un señor elegante con el cabello y la barba blancos.

—Ya veo. Lo conozco bajo otros nombres. Ahora se hace llamar Abernathy. Todos tienen nombres sacados de la serie de televisión *Bates Motel*, y ese es también el nombre de la operación.

«Qué chalados», pensó Pietro.

—Quiero saber adónde la han llevado.

—¿Queréis liberarla?

—Es nuestro objetivo.

—Así que si me entero de que la han eliminado, ¿el trato no sigue en pie?

La pregunta pilló desprevenido al excomisario, que decidió optar por la sinceridad:

—Solo estoy autorizado a hacer un trato si la mujer se salva.

—No lo entiendo. ¿No os interesa capturar a quien tú llamas Macheda y a sus hombres?

—No. A mí solo me interesa ella —replicó Pietro—. Puedo encauzarte hacia otros agentes que seguramente estarían interesados, pero dudo de que cumplieran su palabra.

—Te llamaré en cuanto me entere de algo.

Sambo escuchó unos instantes el silencio en el micrófono, antes de dirigir la mirada a Caprioglio.

197

—Te estás acreditando como el único capaz de salvarlos, pero no tienes ni el poder ni la intención de hacerlo.

—No.

—¿Y crees que no se olerán la mentira?

—Tratarán de evitar que se la juguemos, y no está claro que nosotros vayamos a ser más listos.

—Pase lo que pase, al final trataremos de matarlos.

—Eso siempre lo hemos sabido.

—Pero no habíamos previsto que puede que nos toque disparar, incluso para traer a Basile de vuelta a casa.

—No creo que podamos asaltar su madriguera nosotros solos.

—¿Pero en qué puto berenjenal me has metido? Hablamos como dos zumbados.

Nello se tocó el costado, donde tenía la pistola. Estaba a punto de añadir algo, pero cambió de idea. Fue a la cocina a hacer café.

—Están todavía en Venecia —dijo Pietro buscando el azúcar—. Pero ¿dónde se habrán ocultado? Lo que está claro es que ya no pueden recurrir a la red de pisos francos de su organización.

—El verdadero problema es encontrarnos uno nosotros —señaló el detective—. Dentro de poco llegarán los supermanes de Sacca Fisola a pedir explicaciones, y, si Tiziana ha hablado, los Profesionales Autónomos saben nuestros nombres y dónde vivimos.

—No tengo a quién pedir ayuda.

—Yo sí, pero no sé si casa con tu exigente moralidad.

—¿Las fulanas de los hoteles?

Nello asintió con una risita.

—Pero, ojo, se trata de hoteles de cuatro y cinco estrellas.

—¿Y cómo vas a apañártelas con tu trabajo? Esta historia igual te impone una ausencia prolongada.

—Mi puesto no corre peligro, tengo subordinados capaces de sustituirme dignamente. Espero conservarlo una vez que termine esta pesadilla.

Pietro preparó su equipaje. Antes de salir cogió el dinero que se había traído de la base de Sacca Fisola.

—¿Cuánto tienes ahí? —preguntó Caprioglio.

—Treinta mil.

—Recuerda que diez mil son míos, como prometió Tiziana Basile cuando me contrató como mercenario.

Trató de sonreír, pero el rostro se le deformó en una mueca de horror.

—No puedo dejar de pensar en ella, en las cosas terribles que le estarán haciendo —dijo de pronto, liberándose de un peso que ya no alcanzaba a soportar.

Pietro reaccionó de manera impulsiva, agarrándole de las solapas.

—¿Es que quieres destrozarme?

Nello entendió y se disculpó. Respiraron hondo y salieron de casa como dos marineros, rumbo a lo desconocido.

Venecia se había despertado con un cálido sol que había secado deprisa los tejados y ahora se ocupaba de los charcos. El buen tiempo había devuelto la sonrisa a todo el mundo. La lluvia entristecía a comerciantes, restauradores y turistas. Venecia gustaba mojada y neblinosa solo a aquellos, como Pietro y Nello, que la aceptaban tal como era, sin pedir nada a cambio.

Caminaron hasta un edificio de principios del XVIII en la calle Lunga Santa Caterina, en la zona de Fondamenta Nove. En la segunda planta vivía Gudrun, conocida como la Valquiria. En realidad se llamaba Marike, era una alemana de unos treinta y cinco años, oriunda de un alegre pueblecito de la Baja Sajonia, alta, rubia, de hombros anchos y pecho generoso. Según la opinión experta de Nello, encarnaba «el modelo de la clásica puta que hace perder la cabeza al hombre levantino», término que en la ciudad lacustre conservaba aún el significado geográfico de hace siglos.

Gudrun los recibió con mucha amabilidad, pese a que la hubieran sacado de la cama, y a Sambo le bastó una mirada distraída a las paredes y a la librería para entender que se trataba de una mujer culta.

De los altavoces del equipo de alta fidelidad salían las notas refinadas de los parisinos Beltuner. Los había conocido al encontrar un cedé en el coche de un hombre que había muerto asesinado. Sambo lo había escuchado, buscando quién sabe qué explicación, pero el crimen había quedado sin resolver. Había archivado el caso en su memoria, pero no a los músicos.

El escándalo le había quitado el deseo de alimentarse el alma de belleza, y ahora, sin apenas capacidad de reacción, sentía toda la fuerza de ese deseo.

Además, la profesión de la dueña de la casa lo incomodaba, y habría preferido que le contaran una mentira piadosa. Había conocido prostitutas, pero siempre había evitado un trato cercano con ellas a causa de una educación familiar algo mojigata para la que el mundo se dividía en dos bandos: los que iban de putas y los que lamentaban su existencia.

El apartamento tenía tres dormitorios. «Yo trabajo fuera, en los hoteles», se apresuró a dejar claro la alemana, reparando en la expresión perpleja del excomisario. Pero después se divirtió al arrastrarlo a una disertación sobre la comodidad de trabajar en los hoteles.

—No tienes que cambiar las sábanas y las toallas cada vez, ni fregar el baño ni el suelo —explicó animándolos con la mirada a participar en la conversación—. Aparte de la comodidad, también hay que considerar el ahorro.

Vino en su auxilio Nello, con su talante tan veneciano, alegre e irónico, y justo después el timbre del móvil que le había proporcionado Tiziana Basile, aunque la llamada no fuera desde luego de su agrado.

—Tenemos que vernos —dijo el italiano al mando del equipo operativo.

—No veo motivo para ello —replicó Sambo alejándose del salón.

Su interlocutor alzó la voz.

—Tú debes obedecer órdenes, y esta lo es. Por lo que levanta el culo de donde estés y ven aquí echando leches.

—No quisiera ser descortés, pero no tengo la más mínima intención de participar en vuestras actividades.

—Pero ¿qué coño dices? Yo acepté tu propuesta de rehabilitarte si colaborabas con nosotros, ¿y ahora te echas atrás? Mira que así no funcionan las cosas.

—Voy a interrumpir aquí esta conversación —lo advirtió Sambo.

—Ni se te ocurra, gilipollas de…

Pulsar una tecla le permitió eludir los insultos.

Ese tipo no entendía que le resultaba imposible lidiar con distintas estrategias de engaño. A duras penas podía hacer frente a una sola historia que, en el mejor de los casos, nunca se perdonaría.

Una vez había visto una película con Isabella en el sofá de su casa, *El topo.* Trataba de un agente doble en la cúspide de los servicios secretos británicos en los años setenta. En un momento dado había tenido que dejar de verla, pues no soportaba la tensión de ese hombre que debía jugar en distintos planos, sin más armas que la mentira, atento a cada sílaba, a cada matiz de la voz.

Sambo dejó a Nello y a la alemana enfrascados en su parloteo y se refugió en la habitación que le había sido asignada. La ventana daba al canal, apenas se veían viandantes ni embarcaciones.

Se sentó en una silla, con la mirada fija en el móvil, a la espera de que dos asesinos en serie lo ayudaran a salvar a la última mujer con la que había hecho el amor.

DIECIOCHO

—Tengo que ir a la peluquería —dijo Laurie hurgando en el armario de la señora Carol Cowley Biondani en busca de algo que ponerse.

—¿Te parece momento de acicalarte? —le preguntó el Turista.

—Nos buscan para matarnos, y mi cabello pelirrojo llama demasiado la atención.

—Puedes ponerte una peluca.

—Solo funcionan en las películas. En la vida real suscitan recelo. La gente se pregunta por qué la usas, y los espías y los polis se llevan la mano a la pistola.

Laurie estaba nerviosa. Se volvió hacia la dueña de la casa, atada a una silla con zunchos y amordazada con cinta aislante.

—Se ve que eres vieja —dijo entre dientes—. Mira qué ropa tienes.

Pese al terror que la atenazaba, la señora se ofendió. Le habría gustado soltarle cuatro frescas, pero tuvo que limitarse a lanzarle miradas de odio.

Entre ambas, la antipatía siempre había sido mutua y palpable, y a Abel le había costado convencer a su socia de no matar a la casera. Aún no era el momento.

Se presentaron en su casa a las siete, y al principio Carol se negó a abrir la puerta, creyendo que habían vuelto esos horribles policías que le habían puesto una multa enorme.

Cartagena se dejó reconocer y la engañó astutamente con la excusa de una catastrófica inundación en el apartamento de Campo de la Lana.

Una vez dentro, Laurie la amenazó con su pistola. La señora creyó que se trataba de un atraco y estaba dispuesta a morir para defender sus bienes, pero se tranquilizó cuando comprendió que lo que querían era refugio. Estaba persuadida de que los perseguía la policía por algún sucio asunto ligado al mundo de la prostitución.

Laurie la interrogó sobre las personas que frecuentaban la casa. Eran pocas, en realidad, aparte de la asistenta, a la que Carol llamó por teléfono para explicarle que a causa de una enfermedad contagiosa no debía volver a trabajar hasta dentro de dos semanas.

—¿Qué tal me queda? —preguntó Laurie, luciendo un traje sastre primaveral de color lila.

—No está mal —contestó Abel—. Pareces distinta, más madura.

La chica se calzó un par de sandalias, cogió las llaves del apartamento y las hizo tintinear.

—Mejor que no salgas, pero si no tienes más remedio no te las olvides.

—¿De verdad vas a la peluquería? —preguntó Abel—. ¿No es más urgente buscar a esa mujer a la que tienen secuestrada los Profesionales Autónomos?

—Tengo que acercarme a bases vigiladas, y ellos no se imaginan que vaya a cambiar de aspecto tan rápidamente —resopló irritada—. Tú ocúpate más bien de esa imbécil, mantenerla con vida no es más que una peligrosa pérdida de tiempo.

—¿Por qué no lo haces tú? Nunca te ha caído bien.

Laurie levantó los ojos al cielo.

—Entonces ¿por qué me lo has impedido antes? De verdad, no hay quien te entienda.

Abel arrastró a la señora a un minúsculo cuartito sin ventanas. Se aseguró de que no pudiera liberarse y encajó una silla bajo el picaporte de la puerta.

Encendió el móvil y descubrió que Hilse lo había llamado muchas veces. Le devolvió la llamada.

—Espero que tú también estés pasando un buen día, amor mío.

—¿Dónde estabas? Nunca coges el teléfono.

—Estoy terminando de investigar sobre Galuppi y no quería distraerme.

—Pero yo soy tu mujer, no puedes interrumpir el contacto también conmigo.

—Pareces resentida, ¿quieres que te llame en otro momento?

—Solo estoy disgustada por no haber podido hablar contigo. Es triste volver por la tarde del trabajo y encontrarme la casa vacía.

—Tienes que ser paciente unos días más, pronto volveré contigo y pasaremos mucho tiempo juntos. Tú, yo y nuestro niño. Lo deseo tanto...

Su madre había insistido en que recibiera clases de un actor alemán de teatro que le había enseñado a salpicar el discurso de pausas. Eran fundamentales para el énfasis y la credibilidad del tono, pero no le había resultado fácil comprender el procedimiento. Ahora era un mecanismo automático, y no le costaba ningún esfuerzo fingir que volvería a Copenhague a procrear un hijo con esa mujer y a su vida de musicólogo.

Se vistió de Turista con calma y meticulosidad. Hurgando en el bolso de Carol en busca de las llaves, encontró un espray antiagresión a la pimienta. Se lo guardó en la mochila, podía serle útil.

Caminó hasta el embarcadero de Riva de Biasio, donde esperó al *vaporetto* que lo llevó hasta San Zaccaria. Como siempre, el Turista se sentía invisible, confundido entre la masa de visitantes. En Fondamenta Sant'Anna la corriente de gente disminuyó, y cuando llegó a la ancha plaza que se extendía delante de la basílica de San Pietro de Castello, solo se encontró con algún que otro reducido grupo de fieles.

Miraba a su alrededor, famélico, en busca de la elegida que Abernathy le había impedido matar. No se iría de Venecia sin su Gucci de cuero rojo.

Fingiendo fotografiar escorzos y monumentos, se acercó al pequeño edificio en el que la había visto entrar y captó con su objetivo las brillantes placas de latón.

Buscó un bar cerca de allí donde pidió que le trajeran una cerveza y la guía telefónica. Estaba casi sin hojear, ya casi nadie la utilizaba, y empezó a comprobar si los apellidos iban acompañados de nombres femeninos. Después se conectó con el móvil a la web Pipl, donde buscó información sobre cada uno de ellos. En menos de veinte minutos identificó a la elegida. Se llamaba Lavinia Campana, nacida en Mantua hacía treinta y cinco años, bióloga. Su perfil de Facebook contaba bien poco sobre ella y no se había actualizado en los últimos dos años por lo menos. Todo lo que tenía que ver con ella era antiguo. Como si hubiera interrumpido toda relación con el mundo.

Deseó que no se tratara de una pobre desgraciada, la típica pringada deprimida. El último crimen firmado por el Turista no debía quedar ofuscado por una personalidad que pudiera suscitar compasión.

Mientras volvía hacia la casa de la elegida, la sombra del campanario inclinado permitió que por unos segundos no lo cegara el sol. Si lo vio fue solo gracias a ello. El azar le había sido propicio de nuevo, ofreciéndole una oportunidad de salvarse. Uno de los hombres de Abernathy rondaba por ahí, acechando a los viandantes. Había subestimado al presumido, que sin embargo hacía gala de previsión colocando a uno de sus matones precisamente allí.

Por otro lado, había sido el propio Abel quien se había rebajado exigiendo la promesa de poder estrangular a la rubia con el beneplácito y la ayuda de los Profesionales Autónomos.

El Turista se aseguró de que el hombre estaba solo y llamó a Pietro.

—¿Están listos los papeles para la inmunidad?

—¿Y tú has encontrado a mi amiga?

—Todavía no, pero puedo ayudarte a capturar a uno de los hombres del tipo al que nosotros llamamos Abernathy y tú Macheda. ¿Te interesa? Igual os proporciona información útil.

—¿Dónde podemos encontrarlo? ¿Cómo lo reconocemos?

—Podría sacarle un bonito primer plano y tener la amabilidad de compartirlo contigo. Dentro de cuarenta y cinco minutos el tipo podría transitar por Campo do Pozzi.

—De acuerdo, espero la foto.

—¿Pietro?

—Sí.

—Como ves, te estoy ayudando, pero ¿tú te estás moviendo para cumplir tu promesa?

—Entréganos a ese tipo y ayúdame a liberar a la mujer, y tendrás lo que pides.

El Turista colgó. «Lo tendré todo. También lo que no te imaginas, aficionado de mierda», susurró, complacido por cómo le estaban saliendo las cosas.

Montó el teleobjetivo y enfocó el rostro del agente, después transfirió la fotografía a su móvil y se la envió a Pietro.

Intentó imaginarse el esfuerzo que le costaría preparar la trampa en tan poco tiempo a Pietro, en el centro de una sala de operaciones supertecnológica, dando órdenes sin parar.

Se habría llevado un auténtico chasco al verlo tan torpe, escondido en casa de una prostituta, obligado a pedir ayuda para pasar la foto de un móvil a otro y enviársela a un tipo que no le gustaba en absoluto junto con un sms que indicaba el lugar y la hora.

Cartagena esperó oculto cerca de veinte minutos y luego se dejó ver y seguir por el tipo. Le resultaba emocionante y hasta divertido. Tenía la mano derecha en el bolsillo de los pantalones y aferraba el nebulizador de líquido irritante.

Desembocó en Campo do Pozzi con dos minutos de retraso. Lo cruzó con la cabeza gacha, disfrutando de las miradas de los cazadores de hombres que lo observaban y lo excluían de su interés en una fracción de segundo. No sabían quién era, en ese momento no era él el blanco de la operación.

Notó a su espalda un rumor confuso de pasos apresurados y un grito ahogado, pero no se volvió. Siguió recto, apretando ligeramente el paso. Cuando desembocó en Rio dei Scudi e de Santa Ternita, se cruzó con dos hombres que avanzaban deprisa. Uno era corpulento y calvo. El otro era Pietro, estaba seguro. Ellos también lo reconocieron y se llevaron raudos la mano a la pistola.

Abel hizo una demostración del enorme poder que tenía en ese momento sobre la vida y los actos de las personas.

Con un gesto irritado ordenó que lo dejaran pasar.

—No os conviene. Solo yo puedo salvarla.

El retaco pareció decidido a no hacerle caso, pero intervino el otro, que lo detuvo agarrándolo del brazo.

—Deja que se vaya.

Volvió a casa de la señora Cowley una hora más tarde, con la certeza de que nadie lo había seguido. Estaba cansado. Se aseguró de que la puerta del retrete donde tenía prisionera a la propietaria estuviera bien cerrada y se tendió en el sofá.

Qué emociones más inolvidables. El Turista estaba abandonando la escena con toda la gloria que merecía.

Se preguntó qué futuro como asesino en serie lo esperaba. Tendría que adoptar un nuevo *modus operandi*. Nadie debía sospechar jamás que se trataba de Abel Cartagena.

Por un lado le desgarraba la idea de cambiar, por otro, estaba seguro de que conseguiría hacerse aún más célebre con otro personaje. Además tenía experiencia y no repetiría ciertos errores. El primero que debía evitar era el de abandonarse al azar para elegir a sus víctimas. El gran amo del universo era caprichoso y podía poner en tu camino mujeres peligrosas y nefastas como Damienne, cuya muerte había dado inicio a esa complicada y absurda historia de espías.

De pronto se aburrió de pensar en la muerte y se sumió en un sueño oportuno y reparador.

Unas tres horas más tarde lo despertó un ruido que provenía de la cocina. Laurie había vuelto y se estaba haciendo unos huevos fritos.

—¡Qué guapa! —exclamó Abel.

Ella sonrió y movió la cabeza para enseñarle su nuevo peinado. Ahora llevaba el cabello corto y de un bonito negro azabache con reflejos violáceos.

—De verdad, estás guapísima.

—Ya lo era antes.

—Desde luego. Pero este peinado te favorece.

—Es verdad, pero también me pone años. Este peluquero italiano de las narices ha hecho lo que le ha dado la gana.

Abel entendió que era mejor cambiar de tema.

—¿Has descubierto dónde tienen a la mujer?

—Ha sido fácil —contestó ella—. Pensaba que Abernathy invertiría más medios en escondites aquí en Venecia. Había creído entender que debía convertirse en una base importante para la organización.

—¿Y? —la apremió Cartagena, a quien no le interesaban en absoluto las estrategias del grupo de espías.

—La han llevado a un edificio deshabitado en Fondamenta Lizza Fusina, cerca de la iglesia de San Nicolò dei Mendicoli. Es propiedad de los Profesionales Autónomos, y es ideal porque tiene un acceso desde el canal, pero se había ocupado de adquirirlo Ghita Mrani, la agente a la que tú quemaste porque te empeñaste en seguirla para estrangularla.

«Otra víctima mal elegida», pensó Cartagena.

—Excelente trabajo —la felicitó—. Es inútil que te pregunte cómo estás tan segura de que la tienen ahí.

—Me halagas pero no te fías —comentó Laurie con la boca llena.

—No es verdad. Es solo que ahora tendremos que ajustar los tiempos del trato con nuestro amigo Pietro y no podemos permitirnos errores de cálculo.

La chica se levantó para coger una cerveza de la nevera.

—Tranquilo, no tengo la más mínima duda. Norman ha llegado en lancha con un agente al que conocí bajo el nombre de Sandor. En esa época estábamos en Marrakech y utilizábamos nombres sacados de *Juego de tronos*. ¿Has visto esa serie? No entiendo el género, pero las escenas de sexo fueron de lo más iluminadoras. Vi cosas que nunca se me hubieran ocurrido.

—¿Quién coño es ese tío? —la interrumpió Cartagena, exasperado.

—El Inquisidor. Se ocupa de los interrogatorios. De los importantes.

—¿Cuándo lo has visto?

—A las 17:22.

Abel consultó su reloj. Eran las 19:03.

—De modo que sigue viva.

—Sí. Si han recurrido a ese tipo significa que quieren sacarle hasta el más mínimo recuerdo, incluso de recién nacida.

Abel le enseñó la foto del agente al que había contribuido a capturar.

—Es Dylan —dijo ella con desprecio—. Era uno de los tres que intentaron sorprendernos mientras dormíamos.

—Me estaba siguiendo, así que se me ocurrió gastarle una bromita: se lo he entregado a los socios de Pietro.

—Excelente decisión.

Abel se encogió de hombros. Laurie no era lo bastante lista para entender todas las implicaciones de esa decisión.

—¿Crees que pueda estar al corriente de ese sitio en Rio de la Misericordia?

—No lo sé. Pero los estándares operativos son bastante rígidos con respecto a la compartimentación, y si le habían encargado la tarea de identificarte y eliminarte, supongo que trabajaría en tándem con otro agente. Para estas actividades no se emplea a más de dos agentes.

—No he reparado en nadie más, y eso que he estado atento.

—Probablemente te estaría buscando en otra parte.

—Ha llegado el momento de saldar cuentas y abandonar la ciudad.

—¿Qué tienes en mente?

—Dar una lección a todos estos imbéciles y dejar señal de mi paso por aquí.

—Tenemos que pensar también en organizar la fuga.

—Esa es tarea tuya. Yo tengo que verme con Pietro.

DIECINUEVE

Pietro y Nello eran presa de emociones contradictorias. Habían fumado en silencio antes de buscar refugio en un café para tomar un espirituoso. Caprioglio había empleado ese término obsoleto, pero el barman había entendido perfectamente lo que necesitaban.

—No puedo creer que bastaba con alargar la mano para capturar al Turista pero lo hemos dejado marchar —dijo el detective.

—No teníamos elección —replicó Sambo.

—No sé. ¿Y si se está riendo de nosotros?

El excomisario golpeó con la copa el viejo mostrador de zinc.

—Ya basta, Nello. No sirve de nada atormentarnos con las mismas preguntas. Tenemos que seguirle el juego.

Caprioglio se calmó y Pietro salió del local. Encendió un cigarrillo y llamo al jefe de Tiziana.

—¿Lo habéis cogido?

—Sí. Lo estamos trasladando para interrogarlo. ¿Cómo sabías que pasaría justo por ahí a esa hora?

—No puedo contestar a esa pregunta.

—Me estás tocando las narices.

—¿En serio? Os he entregado a un miembro de los Profesionales Autónomos, no me parece que hasta ahora os hayáis lucido mucho aparte de mandar al matadero a César, Mathis y Tiziana.

—Te aviso si hay novedad —lo cortó el jefe.

Sambo puso al corriente a Nello. El detective se pasó una mano por la cabeza.

—Y pensar que me escandalicé de lo de Abú Ghraib —dijo con amargura—. Mientras bebía prosecco y me atiborraba a raciones en los bares, cotorreaba que la tortura no servía para nada, que era solo ensañarse inútilmente con los prisioneros, y ahora estoy deseando que machaquen a un hombre para salvar a una mujer a la que apenas conozco.

Pietro hizo un gesto de desconsuelo.

—Hemos ido a parar a un agujero negro en el que se libra una guerra subterránea. Las reglas no las hemos puesto nosotros.

—Eso ya lo he oído antes. —Caprioglio echó a andar. Al cabo de unos pocos pasos, Pietro le preguntó adónde iba.

—A echar un vistazo al escondite de Campo de la Lana —contestó—. Igual encontramos algo que nos sirva. Total, no tenemos nada que hacer hasta que su majestad el Turista se digne llamarnos.

En una ferretería, Nello compró una pequeña palanca que usó para forzar la puerta protegida por una cerradura de poca monta. Pietro entró el primero, blandiendo su pistola, pero no era necesario. El apartamento estaba desierto y ya había sido registrado por alguien que no se había andado con miramientos. El suelo estaba cubierto de comida, objetos rotos y ropa hecha jirones.

—No vamos a encontrar nada —dijo Sambo—. Tal vez deberíamos avisar a la propietaria. Tendrá que mandar a alguien a limpiar.

—Que se apañe. ¿Se te ha olvidado ya cómo nos trató?

En ese momento llegó la llamada del Turista, precisamente desde la casa de la persona que acababan de nombrar. El azar, de nuevo, se había entretenido en cruzar sus destinos. El excomisario pulsó la tecla del altavoz.

—¿La has encontrado? —preguntó Pietro, tratando de no dejar traslucir su aprensión.

—Claro, como te había prometido. Y puedo garantizarte que sigue viva. No sé por cuánto tiempo, dado que los Profesionales Autónomos han hecho venir a un «experto». ¿Entiendes lo que quiero decir?

—¿Dónde está?

—¿Qué hay de nuestra inmunidad?

—Está lista. Solo falta la firma.

—¿De quién?

—Del ministro.

Cartagena soltó una risita despectiva.

—¿Cómo pensabas que iría esto? ¿Que te daría la información ahora, y después Laurie y yo nos presentaríamos a una cita donde, en lugar de una hoja que nunca ha existido, nos estaríais esperando tú y ese tipo paticorto y ridículo para acribillarnos?

—Escucha, estás equivocado…

—¡Calla! —ordenó Abel—. No sigas con esta farsa ingenua y patética o corto todo contacto, y ya te puedes despedir de tu amiguita.

—Está bien.

—A propósito, ¿quién es? ¿Tu mujer? ¿Tu novia?

—Es una larga historia —contestó Sambo—. Creo que te aburriría.

—Me fío de tu opinión, Pietro. Entonces ¿reconoces que querías jugárnosla?

—Sí.

—Siempre lo he sabido, ¿o qué te creías?

—Entonces ¿por qué seguimos hablando?

—Porque, como le decía antes a Laurie, nunca hay que abandonar un trato, siempre se puede ganar algo.

—¿Qué quieres, Abel?

—Ya he cometido dos crímenes que no me han sido atribuidos —contestó con énfasis—. Ahora mataré por tercera vez, y vosotros nos garantizaréis la impunidad y que los medios de comunicación me otorguen el reconocimiento que merezco.

Sambo se volvió para mirar a Nello. El horror y el estupor deformaban su rostro.

—¡Tú estás loco! —gritó Pietro—. ¿Cómo se te ocurre que podamos tomar en consideración una propuesta como esa?

El Turista no se inmutó.

—Loco es un término genérico que en su acepción popular no me hace justicia y además me indispone —explicó—. Pretendo que te comportes conmigo con corrección.

—Te pido disculpas —se apresuró a decir el excomisario, temeroso de que el Turista cortara la comunicación.

—Disculpas aceptadas, Pietro. Si no quieres tomar en consideración lo que te ofrezco, lo entiendo. Aunque también creo que no tienes autoridad para rechazarlo. No eres nadie. Estos días siempre he pensado que eras un vulgar aficionado, y acabas de confirmármelo. ¿Qué tengo que hacer para hablar con alguien con más peso que tú?

—Te lo haré saber. —Sambo colgó. Había perdido la lucidez necesaria para lidiar con la situación. El Turista lo había puesto contra la pared—. Tiene razón —masculló—. Soy un maldito aficionado.

—No lo pongas en contacto con el equipo operativo —le suplicó Nello—. Tira al canal ese puto móvil.

—Tiziana moriría.

—Quizá ya no esté entre nosotros —replicó el detective—. Y de todos modos no puedes dejar que ese criminal imponga condiciones que le permitan asesinar a otras mujeres.

—No puedo fingir.

Caprioglio lo agarró de los hombros.

—¡Pues debes! Hay límites que no se pueden cruzar. Bajo ningún concepto.

—Ellos sabrán qué hacer. Quizá logren salvar a Tiziana y eliminar a los dos asesinos en serie.

—Ese tío es demasiado listo, sabes que eso no ocurrirá.

—Me retiro del juego.

—¿Sabes lo que pasará? Ya no te quedará nada, el Turista te está utilizando y te está arrebatando todo lo que tienes en el corazón y en la mente. Pero yo no pienso ser cómplice de este acuerdo criminal.

—Ahora me vas a decir que quieres seguir mirándote al espejo sin sentir vergüenza.

—Sí, no quiero mancharme las manos hasta este punto.

—Entonces ha llegado el momento en que nuestros caminos se separan.

Nello Caprioglio tenía los ojos llenos de lágrimas. Lloraba por él. Por su alma. Se fue sin mirar atrás.

Sambo llamó al agente del servicio secreto.

—¿Ha hablado?

—Sí, pero no conoce la ubicación del lugar donde están interrogando a Basile. Ha contado una historia extraña de un asesino en serie al que estaba persiguiendo.

—El Turista.

—Exacto.

—Quiere hacer un trato: el lugar donde retienen a Tiziana a cambio de la impunidad para cobrarse una nueva víctima.

—¿Dónde estás?

—En el piso franco de Campo de la Lana.

—No te muevas. Vamos para allá.

VEINTE

Abel y Laurie acabaron de prepararse. Estaban listos para matar y abandonar Venecia.

La muchacha fue a la cocina y cogió un mazo para carne que colgaba sobre el fregadero.

—Voy a ocuparme de la bruja.

—No creo que te lo permita —objetó Cartagena.

—Me parecía que estabas de acuerdo.

—He cambiado de idea. Quisiera evitar que un delito eclipse mi hazaña. Ya sabes lo importante que es para mí.

Ella lo miró fijamente, pasándose el utensilio de una mano a otra.

—No tengo intención de vivir a tus órdenes.

—El próximo será tuyo, y yo seré tu cómplice fiel.

—Yo también tengo «ganas» —subrayó Laurie—. Y ya sabes que no se pueden demorar demasiado.

—No te defraudaré, solo te pido un poco más de paciencia. Y, además, la señora no es una víctima divertida. Podemos aspirar a algo mejor.

—Yo los llamo «míseros seres» —le confió ella, atenta a la reacción de Abel.

—Una expresión deliciosa.

—Tendrás que divertirte conmigo. Yo te diré qué hacer.

—Estoy impaciente.

Cartagena le quitó la mordaza a la señora Carol Cowley Biondani y cortó los zunchos que la ataban a la silla.

—Me limitaré a cerrar la puerta —dijo el Turista—. Dentro de unas horas podrás echarla abajo y liberarte. No te aconsejo que pidas auxilio o llames a las fuerzas del orden. Nosotros abusaremos aún un poco de tu exquisita hospitalidad, desobedecer mis órdenes significaría la muerte. ¿Me has entendido?

—¿Me han robado algo? —preguntó la señora, a la que le preocupaba algo muy distinto.

—No, no somos de esa clase de gente.

—Entonces fingiré que no ha pasado nada. No quiero volver a tener policías en mi casa. Son capaces de sacarme más dinero. Y ahora solo quiero poder encerrarme en un baño. Supongo que esto podrá entenderlo.

Venecia estaba desierta a esa hora de la noche. La pareja apenas se cruzó con nadie mientras se dirigía a paso decidido hacia el barrio de Castello. Laurie era hábil forzando cerraduras y los Profesionales Autónomos la habían provisto con las mejores herramientas.

Se introdujeron en el apartamento de Lavinia Campana silenciosos como serpientes. La mujer dormía. Pero no estaba sola, como imaginaba Abel. A su lado roncaba ligeramente un hombre.

Laurie los atontó con la pistola láser y después inmovilizó al desconocido de pies y manos.

—Quiero que mires mientras la estrangulo —susurró el Turista—. Amordázalo pero déjalo donde está.

Laurie apreció la idea y lo ató de manera que no pudiera evitar mirar.

—Pero tú escóndete —añadió Cartagena—. Que no te vea, porque si no hablará de ti a la policía.

Mientras esperaban a que recobraran el conocimiento, el Turista buscó el bolso rojo de Gucci y lo guardó en su mochila.

Pensó que debía de ser un regalo de su amante. A la luz atenuada de la lámpara parecía veinte años mayor que ella por lo menos. Quizá él la hubiera llevado a aislarse y a no frecuentar más el ambiente de las redes sociales. Debía de ser un amor complicado, alguien a quien no podía presentar a sus amistades.

El hombre fue el primero en recobrarse. Gimió de terror cuando se percató de la situación.

—Tranquilo —susurró Abel, excitado—. Solo la mataré a ella. Soy el Turista.

Unos diez minutos más tarde, la pareja llegó al muelle del Arsenale, donde los aguardaba una lancha motora. A bordo solo estaba Pietro, como habían convenido. Laurie subió a bordo pistola en mano, esposó a Sambo al timón y lo cacheó. Después registró la embarcación en busca de explosivos y localizadores por satélite. Se movía como un soldado adiestrado, rápida y meticulosa. Cuando quedó satisfecha, hizo un gesto con la mano, y Abel Cartagena salió de la oscuridad.

—Hola, Pietro.

El excomisario indicó la mochila con la barbilla.

—¿Está ahí dentro el bolso de la mujer a la que acabas de matar?

—Sí. Te lo enseñaría, pero no comparto con nadie mis trofeos.

—No es solo tuyo. También es de tu amiguita. Ahora ya tienes que matar en pareja porque no eres capaz de apañártelas solo.

—¿Quieres provocarme? —preguntó el Turista con una risita de desprecio—. También en eso eres un aficionado.

Laurie le plantó el cañón de la pistola debajo de la barbilla.

—Cierra la puta boca y dale gas.

Abel desapareció bajo cubierta. Pietro rezó porque cumpliese el trato y llamase al agente de la inteligencia italiana. Laurie le indicó el rumbo, escrutando la noche en busca de embarcaciones sospechosas.

Desembarcaron en la playa del Cavallino, hacia Jesolo. El Turista no se dignó mirar a Pietro mientras leía en los ojos de su compañera el deseo de apretar el gatillo. Abandonaron a Sambo a la deriva con el motor averiado. No iría muy lejos, algún velero o algún pesquero lo vería en cuanto amaneciera.

Pietro estuvo a punto de dislocarse una muñeca para conseguir coger un cigarrillo. Dio unas cuantas caladas, pero le pareció que tenía un sabor horrible y tiró la colilla por la borda. Solo entonces su pecho liberó un grito.

Le abrió las esposas un suboficial de la Guardia Costera, avisada por un regatista austriaco que confundió al excomisario con un prófugo.

Lo condujeron a la Capitanía del puerto del barrio de Dorsoduro para comprobar su identidad, pero en un momento dado lo dejaron marchar, deshaciéndose en disculpas.

Cuando salió, vio al jefe de Tiziana, que fumaba contemplando el mar.

—¿La habéis liberado? —preguntó Sambo.

—Sí, está a salvo. Los hemos cogido a todos, Macheda ya nos ha dado a entender que está dispuesto a hacer un trato.

—Que aceptaréis, supongo.

—Lo conozco de toda la vida. Fue mi superior directo varios años, es un hombre de mucha experiencia. Sabe perfectamente que puede evitarse muchos problemas si nos entrega a los Profesionales Autónomos. Y estoy seguro de que nos brindará la oportunidad de eliminar a esa banda de locos.

—Otro criminal que podrá vivir feliz y contento. Como el Turista.

—No teníamos elección, y, para ser sincero, lo siento por esa mujer, pero lo que hemos obtenido a cambio tiene un valor incalculable porque, sacrificando una vida, hemos salvado otras muchas.

—¿Quién era?

—Se llamaba Lavinia Campana. Su amante ha asistido a la escena. Están llegando a Venecia periodistas de todo el mundo. La ciudad bulle de actividad, los expertos ya están calculando los ingresos del turismo del horror.

—¿Y esa pobre albanesa que se pudre en la cárcel? ¿Y Kiki Bakker?

—¿Y Pietro Sambo?

—¿Qué quieres decir?

—Que ahora nos vamos a almorzar y afrontaremos los problemas de uno en uno.

EPÍLOGO

Ballerup. Unos meses más tarde.

Pietro salió del coche de alquiler y comprobó que era el número correcto. Llamó al timbre y esperó, mirando sin interés la hilera de chalés adosados, anónimos e idénticos, diseminados de manera regular por toda la calle.

La puerta se abrió, y apareció una mujer. Él nunca había tenido trato con Hilse Absalonsen, la legítima esposa de Abel Cartagena, y supuso que sería muy distinta de la que lo esperaba a unos metros de distancia. Tenía el rostro demacrado y los ojos sin vida. Llevaba un vestido ligero de lana hasta los tobillos color avellana. No le favorecía, pues le quedaba demasiado grande.

Sambo avanzó hacia ella acompañado por el sonido de sus pasos sobre la grava.

Ella le dedicó una sonrisa forzada de circunstancias y se apartó para dejarlo pasar, antes de conducirlo hasta el salón, donde los aguardaba Kiki Bakker, sentada en un sofá. Estaba aún más gorda. Tenía las piernas hinchadas y el rostro enrojecido.

La periodista lo reconoció enseguida. Pietro era uno de los hombres que la habían secuestrado, interrogado y por último recluido en una clínica en la que había permanecido sedada durante veintiún días en la más completa ilegalidad.

El excomisario le estrechó la mano y ella aceptó ese gesto reparador. Descubrir que había sido la amante y cómplice involuntaria de uno de los asesinos en serie más buscados había dejado en segundo plano el injusto trato del que había sido víctima.

Hilse se encontraba en la misma situación. Por eso habían decidido que era importante que se conocieran y se frecuentaran. Un equipo de especialistas las trataba a ambas, su objetivo era ayudarlas a recuperar un mínimo equilibrio en su vida. Los psicólogos estaban en nómina de una fundación con sede en Bruselas que se ocupaba de vagas actividades humanitarias y que costeaba los gastos de sus nuevas viviendas y de su manutención.

A Abel Cartagena se lo daba por desaparecido oficialmente. Su esposa había puesto una denuncia formal en la comisaría de policía. Su editor había aprovechado la situación para dar publicidad al nuevo ensayo sobre Baltasar Galuppi.

La verdad se había mantenido en secreto por la sencilla razón de que no se podía contar. Por otra parte no tenía nada de extraño. Cada día ocurrían en el mundo todo tipo de hechos que eran responsabilidad de espías y servicios de inteligencia y que debían permanecer sepultados en la tumba de la razón de Estado.

Desde su nuevo escondite, el Turista los había desafiado varias veces a hacer público lo ocurrido en Venecia, y no lo había hecho en un intento por acrecentar aún más su fama. En realidad se trataba de una amenaza. Abel Cartagena estaba convencido de que era una manera eficaz de recordarles que no le convenía a nadie seguir investigando para dar con él y detenerlo. Y lo mismo valía para Zoé Thibault, su nueva pareja.

Pero se equivocaba. Pietro Sambo había pedido y obtenido los medios y sobre todo la autoridad para darle caza y llevarlo ante la justicia. Por eso estaba en ese salón. El día anterior había interrogado a su editor, fingiendo indagar sobre su desaparición por cuenta de una agencia privada italiana.

El excomisario había dejado Venecia y se había trasladado a Lione, donde habían puesto a su disposición un despacho, una secretaria, un *hacker* chantajeado por los servicios secretos franceses y un presupuesto francamente considerable.

No habían mantenido la promesa de rehabilitarlo, y a Sambo le había costado mucho despedirse de su amada ciudad, aunque ya no le quedara nadie allí.

Nello Caprioglio se había negado a verlo para aclarar las cosas. Tiziana había dimitido de la policía y había regresado a Bari a ejercer la abogacía en el bufete paterno.

Cuando la liberaron, aún no había sido interrogada, pero sí violada varias veces por todos sus secuestradores, excepto por Macheda, que había interpretado el papel del secuestrador bueno. Y eso la había destrozado. La subjefa Tiziana Basile había muerto en ese edificio deshabitado de Fondamenta Lizza Fusina.

—Es una práctica corriente —le había explicado el tipo de la inteligencia italiana que había dirigido la operación de rescate—. La violencia sexual sirve para «ablandar» al sujeto al que se va a interrogar. No importa que se trate de un hombre o de una mujer.

Pietro se lo había quedado mirando con desconfianza.

—Si es tan corriente, significa que la empleáis también vosotros, que el Estado italiano permite que su personal viole a la gente.

El otro negó con la cabeza.

—No consigo calarte, Sambo, eres un excelente elemento, pero a veces pareces tan estúpido... ¿El Estado? Pero ¿de qué coño hablas?

La única persona de la que había ido a despedirse antes de marcharse era la viuda Gianesin.

—He encontrado trabajo en tierra firme —le dijo. Y ella, emocionada, lo había besado en las mejillas y le había hecho toda una serie de afectuosas recomendaciones.

Había llegado a Copenhague hacía una semana. Se alojaba en un hotel modesto cerca del aeropuerto. Se había visto con un funcionario de nivel medio del servicio de inteligencia que lo había autorizado a investigar en suelo danés.

En Canadá, por el contrario, las autoridades se habían negado a colaborar y le habían ordenado que se volviera por donde había venido. Investigar sobre Zoé podía significar sacar a la luz episodios de ilegalidad policial, y ninguno de sus antiguos superiores estaba dispuesto a poner en peligro su carrera.

Pietro observó a las dos mujeres mientras tomaba una taza de café. Mantenían la mirada gacha y las manos entrelazadas.

—Yo también soy una víctima de Abel —dijo para presentarse—. Mientras siga con vida, no nos libraremos jamás de él. Ahora ya saben de lo que es capaz, puede despertarse una mañana y decidir volver entre nosotros por el sencillo placer de jugar con nuestras almas y nuestros cuerpos. Necesito detalles para dar con él. Tengo que saber su marca de dentífrico preferida, lo que le gusta desayunar, cómo se comporta en la intimidad. Tienen que ayudarme a entender cómo las ha manipulado. Sé que será doloroso, lo es también para mí, pero tenemos que hacer este esfuerzo. Por las mujeres a las que mató, por aquellas a las que matará. Por nosotros mismos.